SHAN WAN MENG GU

杨艳辉 刘 辉——著

敦煌文艺出版社

图书在版编目（C I P）数据

山湾梦谷 / 杨艳辉，刘辉著. -- 兰州 ：敦煌文艺出版社，2022.1
ISBN 978-7-5468-2153-5

Ⅰ. ①山… Ⅱ. ①杨… ②刘… Ⅲ. ①纪实文学－中国－当代 Ⅳ. ①I25

中国版本图书馆CIP数据核字（2021）第274137号

山湾梦谷
杨艳辉 刘 辉 著
责任编辑：张 桐
封面设计：孟孜铭

敦煌文艺出版社出版、发行
地址：(730030)兰州市城关区曹家巷1号新闻出版大厦
邮箱：dunhuangwenyi1958@163.com
0931－2131372(编辑部)
0931－2131387(发行部)

三河市金兆印刷装订有限公司印刷
开本 880 毫米×1230 毫米 1/32 印张 8 插页 10 字数 150 千
2023 年 1 月第 1 版 2023 年 1 月第 1 次印刷
印数：1～3000 册

ISBN 978-7-5468-2153-5
定价：48.00 元

站在时代脉搏上的书写

王登渤*

刘辉同志给我送来他和陇南作家杨艳辉合作完成的纪实文学《山湾梦谷》的书稿时，大概讲了一下这部书的创作背景及中心内容，我心中甚觉欣慰。在全国脱贫攻坚取得全面胜利，乡村振兴顺利实施之际，为时代立传、为乡村写史、为农民发言，是对整个反贫困事业的拓展和延伸，也是促进乡村经济、文化齐肩并进的一个有力支点。

山湾梦谷是宕昌县化马山上海拔1900多米处新开发的一处古羌民俗旅游景区，目前还在后期的打造中，已不断地有游客前往观光游玩。它高耸、壮阔、贫瘠、坚硬，与“秀”或“丽”沾不上边，却大气磅礴，苍凉雄浑，能让人享受到大自然的广袤雄壮之美。这样一个山巅高寒之地，经能工巧匠之手的打造，会变为独具风情的旅游胜地，但很显然，它不是一个能养育人的地方。可是，在2018年之前，那里一直住着山背和罗湾两个村庄。在过去漫长的岁月里，这两个村庄的人一代

* 王登渤，甘肃省文联党组书记、主席。

接一代是怎样度过那举步维艰的苦难日子的，局外人无法想象。2018年，山背、罗湾两村成为省政府的帮扶点，这两个村的千十号人直接从高山搬迁到县城，过上了连做梦都没有想到的好日子。接着，将要成为历史的山背、罗湾也华丽变身，成为山湾梦谷古羌民俗旅游景区。无疑，这是天作之美，是自然资源归其位、尽其用的无为而治，是时代的壮举，是我们党和政府以人为本的集中体现。这么一个涅槃重生的乡村故事，我们有必要，也有责任向世人展示。

利用几个晚上的时间，我读完了十五万字的《山湾梦谷》。掩卷长思，心绪已经从起初的欣慰变成了欣喜。作者从20世纪90年代的山背、罗湾入笔，以与民生民计息息相关的拉电、通水、修路三件事为导线，用纪实与诗情相交融的笔墨，以点带面、小中见大地记述了这两个村庄及村庄里的人近30年来的发展变化和心路历程。在作者饱含悲悯之情的真诚记述下，那一幕幕与天斗、与地争的苦难生活，一次次发展变化带给村人的喜悦场面，一个个勤劳坚韧的生命个体，都像放电影一样活灵活现地呈现在了我眼前，我的情绪也随之起伏，有疼痛，有感动，有期待，有思考。民亦劳止，汔可小康！久困于贫，冀于小康！习近平总书记最深的牵挂也是“小康路上一个都不能掉队”。一方山水养育不了一方人的山背、罗湾两村曾经因为高山之阻而不幸，如今得时代之膏泽而大幸，过上了幸福美好的小康生活，这是脱贫攻坚的大动作，是乡村振兴征程中的重要成果。这一点作者在《山湾梦谷》的最后两章进行了浓墨重彩的书写，而推进这个过程不断向前发展，最后取得全面胜利的各级扶贫干部，被作者通过具体的人和事表现出来，既让人看到了他们在扶贫工作中的责任和担当，又让人见证了他们沉下身子，融入乡村百姓的人民公仆的形象和精神。可以看出，《山湾梦谷》既具有真实的文献性，也不乏丰富的文学性，是一部紧扣时代主题，富有感染力的文艺作品。

“是以善为国者，必先富民，然后治之。”从高山到城镇、从土坯房到高楼、从卧牛田到产业兴起、从高山阻隔到家园变景区、从贫穷到富裕、从落后到文明，山背、罗湾人都亲身经历，亲眼看见了，这也是宕昌，甚至陇南脱贫攻坚史中最有代表性的篇章。再纵观左右，山湾梦谷古羌民俗旅游景区可谓是脱贫攻坚与乡村振兴有效衔接中最亮丽、最出彩的一道风景，还有与之同行的扶贫车间、养殖种植专业合作社等各类助力乡村经济发展的组织，都折射了党和政府一心为民的决心和举措。乡村需要发展，乡村也不能缺失记忆。杨艳辉、刘辉两位作者正是怀着这种深沉的历史使命感和责任感，以敏锐的文艺视觉，热情的创作态度，真诚地拥抱现实，写出了《山湾梦谷》这部跌宕起伏的纪实文学，它既是山背、罗湾的“乡村志”，又是宕昌县在脱贫攻坚和乡村振兴方面向时代献出的一部奋斗史。

陇南是一块沃土，从来不缺少美，宕昌就是其中的一份子。在实施乡村振兴，迈向现代化建设的征程中，美丽的宕昌还任重而道远，需要再鼓干劲，勇往直前。在这个奋斗的过程中，靠民众之力所创造的美好的、积极的、向上的成果和精神更需要通过不同的方式向外界传递，被世人发现，而优秀的文艺作品就能担起这个使命。第一个投资中国的西方企业家哈默，来中国接受邓小平同志接见时，赠送的见面礼竟然是中国著名油画家陈逸飞先生的油画《故乡的回忆——双桥》。当时，哈默告诉邓小平同志，他从这幅油画里看到了美丽的中国，所以决定投资。文化的魅力超乎寻常，艺术作品的影响力源远流长。纪实文学《山湾梦谷》的问世，会让外界更多的人了解宕昌县近几年的发展和巨大变化，同时也会成为山湾梦谷古羌民俗旅游景区的活名片，成为繁荣地方文化、推动地方经济发展的精神力量。

目　录

第一章　天地和，盛世之音

一　千里咫尺

立冬后，太阳露脸的时候渐渐多起来，地处西秦岭和岷山两大山系支脉交错地带的宕昌城，白天的时候，感觉比秋末那会儿还要暖和一些。不过，时令难违，一早一晚的寒意到底是挡不住了。当清晨的阳光慢慢升起，夜间积落的那层薄霜寒雾被扫去后，天地就变得一片清明，整个宕昌城像披上了一层金光，暖融融的。

岷江，那条穿宕昌城而过的河流，当地老百姓习惯称之为宕昌河。经历了夏秋两季过于富足的降雨，进入冬季，河里的水渐渐减少，水势趋于平稳，日夜不息的水流声尽管还是哗哗作响，但人们分辨得出来，那声音较之前温柔了许多，就像喜庆宴上弹奏的钢琴曲，节奏轻快而喜悦，仿佛这个县城遇到了什么喜事呢。可不是嘛，在这座长江流域的古老小城里，令人乐呵的事儿还真是不少。

2017 年 9 月 29 日，兰渝铁路全线开通。哈达铺，这个红军长征途中的“加油站”，亦是决定中国工农红军长征命运的重要决策地，又一次担起中转站的重任——哈达铺火车站。从此，宕昌人民真正进入了“距离不是问题”的快速发展时代。

从哈达铺坐火车到陇南市最多一小时，到省城兰州两个多小时，去广元、重庆、成都，也不过半天的工夫。想想过去出行，翻山越岭，行走在尘土飞扬的公路上，从黎明到黄昏摇摇晃晃一整天，也不见得能顺利到达目的地。如今，铁路穿境而过，出去的人和进来的人都可以随心出发。在这之前的半个月，地处徽成盆地的陇南机场开始运营，飞机在陇南洁净的上空划开一道道优美的弧线，把这片大地引向更加繁荣昌盛的明天，而宕昌县人民与该机场只有咫尺之距。哦，对了，庚子年，也就是2020年的国庆节期间，渭武高速宕昌段也已经开通。就像一个地方被网络全覆盖一样，此后的宕昌县四通八达了。

交通兴，百业兴！

地上。天上。一条条大道，仿佛一把把开启宕昌城的金钥匙，大门打开时，藏匿于大山深处的美和好徐徐走向了世人。

二　哈达铺之光

红色文化必然是宕昌县最光辉的篇章。

1935年9月20日，毛泽东同志率领红一方面军突破天险腊子口，走到宕昌县西北部的哈达铺时决定停留下来休整，偶然间在当地邮政代办所国民党的报纸上获得陕北有红军和根据地的消息，随即做出挥师陕北的重大决策。到达陕北之后，取得的一次次革命胜利，都有力地向世人证明了毛泽东同志当时的决策是多么英明。也因为这一决策，陇南革命的火种被点燃，并以燎原之势向外迅速扩展，融如鱼水的军民之情更成为一段佳话，成为载入哈达铺红色文化的印记。乾坤盛世之下，这段红色印记历久弥新，像高大巍峨的岷山一样稳稳地站立在哈达铺，时时告诉来来往往的人：不忘初心，方得始终。

习近平总书记说："一切向前走，都不能忘记走过的路；走得再远、走到再光辉的未来，也不能忘记走过的过去，不能忘记为什么出发。"

老一辈无产阶级的革命精神，永远是闪亮的，像灯塔一样照亮后辈们前行的路。所以，无数牢记使命的人心怀崇敬，从四面八方来到宕昌，来到哈达铺，瞻仰、缅怀，以史为镜，以梦为马，不负韶华，砥砺前行。

三　官鹅沟之美

有位宕昌朋友去北京游玩，在街道边与几名戴红袖章的志愿者大妈闲聊，一听他是甘肃人，她们就让他讲沙漠，讲敦煌。这位朋友是个实在人，说自己虽是甘肃人，但家在陇南，并没有去过河西走廊。大妈们一听陇南，又异口同声地说："官鹅沟就在陇南！"

朋友一听，激动得在原地直打转儿。官鹅沟！他家就在官鹅沟附近，这几年来官鹅沟旅游的人越来越多，没想到连北京城里的大妈们都知道。一位大妈接着问道："官珠和鹅嫚这对有情人还好吗？"朋友一愣，随即很风趣地回答："好，好，他们永远都会好下去的！"

爱情是人类永恒的话题，由雄浑绮丽的山水复活一段古老的爱情，那是怎样的一种美好啊！这，又会带来怎样的心灵碰撞呢？去陇南宕昌县的官鹅沟就能找到答案。

官鹅沟优美脱俗的自然风光，别具一格的羌藏民俗风情，用语言表达是无法尽人意的，何况还有羌族姑娘鹅嫚与氐族青年官珠的抵死恋情做底色。仁者乐山，智者乐水，有心人乐情，这些在官鹅沟都可以遇到。只有去过，看了，听了，才能真正懂得官鹅沟又叫"爱情谷"的含义，也会诚服于官鹅沟被冠以"小九寨"的实至名归。事实上，来官鹅沟的仁者、智者、有心人还真多，毕竟陇南的日新月异就摆在那里，昔日被大山阻隔的宕昌县已进入全线交通网，想来就来，想走就走，很方便。生活在如此安康幸福的盛世，谁还能不想去"爱情谷"来一次邂逅，留下一段美好的回忆呢？

2019 年国庆节长假期间，陇南机场每天人头攒动，车流不息，其中最多的是从北京、广州等地来陇南旅游的团队，他们的行程首选就是去官鹅沟。还有从陕西、四川、宁夏等地自驾而来的客人，更是挤满了景色怡人的官鹅沟。

不仅秋季，官鹅沟的四季各有各的气韵，每一场风景都令人心动，值得去欣赏。

心随景动，宾客如归。

走进现在的宕昌城，一眼望过去，映入眼帘的高楼大厦几乎全是宾馆、酒店，这是顺应需要的一种建设和发展。在宕昌这座山中小城里，有熠熠生辉的哈达铺，有至真至美的官鹅沟，还有正在开发打造的山湾梦谷。眼瞅着这里的旅游已插上地域文化的翅膀，正在迅速腾飞，吃住这些重要环节又岂能滞后。宕昌人骨子里就有着藏族、羌族人的豪爽义气，又长居岷山深处，身上的淳朴、敦厚总给人温暖和安全之感。正因为如此，来宕昌旅游的人一年比一年多，旅游旺季时，遍地的宾馆、酒店家家客满，满城言笑晏晏，宾主尽欢，这是多么令人欣喜的场面啊！

四　过往之韵

那条被当地人称作宕昌河的岷江，在唐代以前叫羌水，这样称呼是有原因的。

从古到今，人们喜欢逐水居住，而宕昌河流域隋唐以前居住的大都是羌族人，“羌水”之名也就由此而得了。北魏地理学家郦道元在他的《水经注》卷三十二《羌水》篇中说：“羌水出羌中参狼谷。”所以，迁居陇南的西羌为“参狼羌”，其中一支因聚宕昌被称为“宕昌羌”。西晋怀帝永嘉元年，也就是公元307年，宕昌羌人建立了宕昌国，这是陇南羌人建立的地方政权，历时142年，传9世12主，北魏王朝后来承认它为附属国。140多年来，羌族人的风土习俗在这块土地上扎下深根，并一直延续。其间，因为与当地的游牧藏族相邻，两族人经常往来，生活习俗慢慢相融合，久而久之羌族藏族文化就成为宕昌深厚的文化底蕴了。

变幻莫测的历史风云把朝代不断地往前推动。宕昌羌人从北魏时候的国，到隋朝的郡、唐朝的州，再到后来的县，不知演绎了多少以羌族藏族文化为底色的故事，使这座古老的城池变得内核丰富，独一无二。前面提到的滋养在官鹅沟山水间的爱情被世人津津乐道，还有许多沉淀于时间却又与这片土地如影随形的事情，也默默地在地域文化底色上增加着光度和亮度。其他的不用细数，仅“宕昌”二字的读音，就让人想探以究竟。

“宕”，为何不读作常用字典词典里的“dàng”，却要读成“tàn”？这还得追溯源头。据说，第一个古羌人就叫这个地方为“宕（tàn）昌”，口口相传1700多年，因为他们最早有自己的语言，却无文字，没能留下可以考取的依据。羌人壮大后在原地建立国家，依然尊重前人的称谓，称这个国家为“宕（tàn）昌”。后来，不管这个地方是郡，还是州，还是县，都以“宕（tàn）昌”为名。只不过，因为“宕”在平时的读音，时不时地就有不知者把这个地名读成“宕（dàng）昌”。为了尊重历史，传承民俗文化，2014 年，民政部、教育部、国家语言文字委员会等部门还专门在北京召开了审音论证会，与会专家一致同意："宕"字在常用字典词典等汉字工具书中的注音"dàng"继续予以认可，但作为甘肃省宕昌县的县名时就读作"tàn"。

一个汉字的读音，仅为一个古国而存，为一个县城而留，这是殊荣，也是一份承载和担当。宕昌人民深知"欲戴皇冠，必承其重"的道理，这些年他们借助历史和大自然的馈赠，不断地为家乡描绘着新的蓝图，使这块土地绽放出了如今的丰盈和厚重。而它的未来，也必将是一片更加广阔的天地。

五 遍地高歌

宕昌的山山水水有灵性有潜力，勤劳的 30 多万宕昌人民没有辜负上天的这份恩赐，他们站在时代的脉搏上，用自己的智慧为这座小城赢得了很多美誉：最美中国·目的地城市、中国绿色名县、中国最佳文化生态旅游目的地、中国低碳旅游示范县、中国红色经典旅游胜地。而且，此地还有"千年药乡"之称，这缘于全县境内丰富的中药材品种以及产业的可持续发展。今时今日，已有近 700 多种中药材在全县境内安家落户，当归、党参、大黄、红芪、黄芪、柴胡这几种中药材，尤其喜欢宕昌这片土地，一经栽种，便有收获，深受农民喜爱。如今，当地的中草药种植产业已经走上了集约化经营的种植模式，在全国中药材市场上已占据一席之地。

云山苍苍，羌水泱泱，宕昌如今的好和美不是三言两语就能说尽的。由闭塞到开放、落后到文明、贫穷到富裕，犹如脱胎换骨，又似凤凰涅槃，但大音希声，大象无形，说与不说，它们就在那里，人间最不缺的就是明亮的眼睛。

不过，有一些事情和一些人，只看着不说，会让人心中浓浓的情感无处着落，那是一个时代的幸事，是举世瞩目的壮举。羌水至今不愿结冰，昼夜欢快地流淌，可能也是为逐水而居的子民们感到高兴，在表达心中的感恩吧！

要说感恩，宕昌县有一个地方的父老乡亲们应该是最想倾诉一番的，那就是两河口镇山背、罗湾两村的千十号村民们。

六　华丽转身

宕昌县下辖的 25 个乡镇中，有一个因岷江和白龙江交汇而得名的镇子，叫两河口，它是 2004 年 8 月全县撤乡并镇时成立的。两河口镇距县城约 50 公里，辖 17 个行政村，其中 212 国道横穿的 7 个村社，交通便利，经济条件较好；其余 10 个行政村都坐落在高半山上，山高路远，地势陡峭，植被稀少，乱石满坡，自然条件极差，村民出行、生产生活全靠人背畜驮，日子过得非常不容易。在这 10 个村庄中，最贫穷最落后的当属坐落在化马山上的山背罗湾村。

山背罗湾村其实是两个行政村：山背村和罗湾村。化马山距两河口镇 14 公里，而这两个村都坐落在化马山海拔 1900 多米的区域内。除了山背村比罗湾村海拔稍微低那么几百米外，两个村子的自然条件、人情风俗、生活习性等方面都差不多。在山下人眼里，它们就是同一个地方，说起的时候要么是“山上”，要么就“山背罗湾”连在一起叫了。

据说，很久以前的化马山还是一片原始森林，境内山泉遍布，溪水横流。后来，山上跑来一群舟曲县的罗姓人，说是当地的苛捐杂税太繁重，他们无力承担，只能拖家带口地逃离故土，在周边地方东躲西藏。这些人走到两河口这个地方时，看到化马山巍峨高耸，林木繁茂，属于无人问津之地，就跑上山来决定不走了。为了安家，他们就地取材，在高半山上的一块大平台上修建房屋，开荒种地，挖山掬泉，繁衍生息。日复一日，年复一年，住在山上的罗姓家族人靠山林自力更生，渐渐人丁兴旺，生活有余，便分家而立，组建起一个不大不小的村庄，并冠以他们的姓氏，叫罗湾。再后来罗湾这个平台上住不下更多的人了，又向下扩展，有了山背村。有人的地方就有破坏，最遭殃的是山上的林木，一天比一天少，山顶实在太高太险，无人能攀登才幸免于祸害。再后来，一场突然暴发的天灾，使稀疏的林木一夜之间消失殆尽，化马山就成了现在这个样子：全身光秃秃的，就像脱光衣服的身体，除了大大小小的石头，几乎无物遮蔽。戴在山头上的那一片林木，可能是生得根深蒂固，又在高处不易被破坏，倒一直长得很茂盛。

贫穷限制人的思维和想象，而产生贫穷的原因有很多，对于山背罗湾人来说，自然条件的限制是他们贫穷的重要根源：身处高半山，长期无路可走，又不通电，闭塞落后；四季干旱缺水，天气寒冷，土地贫瘠，无副业支撑。在这样的地方生活，所遇到的苦和难，没有亲身经历过的人是无法体会的。山背罗湾的村民们几十年如一日地拼搏过，奋斗过，但祖辈们选择的地方，太过“与众不同”，即使他们花光所有的力气和聪明才智，到头来要面对的还是最初的贫穷和艰辛。这种只有付出没有收获的日子过得久了，乡亲们便习惯了，心中再无希望，生活再无盼头，就这样一年又一年地把生命维持了下来。

1998 年年关，山背罗湾终于通上了电，被油灯熏得直流眼泪的村民终于结束与黑暗相伴的日子，走进光明里。

1999 年 10 月，山背罗湾有了第一台电视机。

2015 年，山背罗湾的羊肠小道拓宽成大土路，村里有了第一台农用三轮车。

2017 年之后的山背罗湾，被天空中的一声春雷彻底惊醒，接着一束束阳光照了过来，乡亲们的生活从此处处充满惊喜，原本遥不可及的贵人一次次来到村里，康庄大道铺到了眼前，大家阔步向前走去。再回头，高山是故乡，亦是另一个家，而他们已在时来运转的另一头安居乐业，追忆过往。

这是一场时代壮举之下的变迁。

长期处于沼泽之中，突然被推向鲜花盛开的沃土，山背罗湾人比任何人都懂得珍惜和感恩。曾经一度想要逃离的高山之地，现在再提起，他们的眼里已是一片深情，由山背罗湾拓展出来的两处地方让他们引以为傲：一处是山水雅园，另一处是山湾梦谷。

山水雅园是宕昌县城南边的一个易地扶贫搬迁小区，山湾梦谷则是在山背罗湾两村的旧址上开发打造的旅游景区。

县城里，高山上，这两个风马牛不相及的地方，又怎么会扯上关系呢？如果在以前，任谁想象力再丰富，也不会把这两个地方相提并论。时过境迁，我们处在一个伟大的时代，生活已经发生了日新月异的变化，以后还有什么梦想是不能实现的呢？

有一句话说得好："梦想是一定要有的，万一实现了呢！"这句话还被许多年轻人当成了座右铭。祖祖辈辈生活在山背罗湾的乡亲们，心中的梦想肯定不少，但绝对没有关于山水雅园和山湾梦谷的。"搬进城里居住，那是做梦都不敢想的事情，如今竟然落在了我们身上，这是天上掉馅饼呀！"住进山水雅园的山背罗湾人时常这样感叹。话虽然这般说，他们心中其实一点都不糊涂，馅饼哪里会凭空从天上掉下来，世上发生的所有好事儿都与人有关。

公元二〇一八年元月十八日，是一个山背罗湾人永远铭记在心的日子。这一天，山背罗湾人从高高的化马山上搬到县城里，山水雅园的高楼成为他们以后的家。也是从这一天开始，偏远贫瘠的山背罗湾华丽转身，成为宕昌县山湾梦谷古羌民俗旅游景区。这样的神变，仅凭想象是无法达成的，发展只能靠实干推动。当我们真正了解了山背罗湾曾经的落后与贫穷，再亲眼见证现在所发生的一切，亲身感受这种大格局、大动作之下的细致和妥帖，我们心中的敬意会油然而生：对这个时代，对为之付出心血的人！

第二章　忆往昔，高山蔽日

一 穷乐呵

山上的水桃花露出花骨朵的时候，山背罗湾人收拾起了过年的慵懒劲儿，换上破旧衣服，肩挂背篓，手持铁锨镢头，吆赶着耕牛、毛驴，走进各家的卧牛田，开始翻地虚土，撒肥埋墒，紧锣密鼓地进入了春播生产和种药材的准备环节。那些准备种旱烟的地里，主人家把土粪打得细细碎碎的，均匀地撒在已起好垄的苗床上，想在上面再覆一层土，无奈土层实在太薄，没铲上几锨就无处下手了，只能长长地叹息一声，在心中默默地计划其他办法。

这个时节，虽说渐渐升温的天气里还裹挟着山风吹来的寒意，但沉睡了一冬，化马山在明媚的春光下苏醒了，这里一块那里一块的麦田、青稞地，前两天还是缺乏水分的黄绿色，再看已是泛着油光的深绿了。山坡上、路两旁，草长花露的迹象一天比一天浓重。地里干活的人长年与山野为伴，应该早就习惯了春夏秋冬的轮回，但亲眼看着光秃秃的山坡慢慢有了绿意，又有了星星点点的色彩，然后在某一个清晨，发现昨日还“犹抱琵琶半遮面”的水桃树，竟已是灼灼其华，怎么着也会在心中滋生出和平日里不一样的心绪。春天到，希望来，有播种就会有收成。他们想象着接下来天顺人畅、五谷丰登、家畜兴旺的一年，干活儿的身子更带劲儿了，吆喝耕牛的声音更有底气了，兴头上来，时不时地还有人吼上几嗓子：

桃花开得水盈盈，哥变鹞子妹变鹰，青天云里一搭飞，不要媒人也成亲。

歌声传到地的那一头，正好有一个种洋芋的中年妇女是从岷县那边嫁过来的，她清脆的嗓音即刻传遍半个坡。到底是从小听花儿长大的，唱得贼地道：

黄犁开花白尖尖儿，花儿坐在哥跟前，坐在跟前手搭手，疼心心儿地亲一口。高山顶上松树多，郎是天上日头哥，东头出来西头落，天天把妹常照着。

又有男人的声音接上，只是他信口胡诌的唱词，惹来四面八方的一阵调侃，就连地里的耕牛好像都在嘲笑他似的，“哞哞哞”地叫了几声。于是，田间地头的气氛更活跃了。70 多岁的豆新华老人架着犁，对前面的耕牛挥鞭吆喝了一声，说：

“眼看着就接不上顿了，还穷乐呵啥呢。”

唱花儿的中年妇女呵呵一笑，没心没肺地开玩笑说：“豆爸，你今儿又没洗脸吧？你那眼角屎再养养，都能上一穴烟苗了。”

“那正好，正愁没粪哩。”豆新华大声回道，他觉得那女人有点儿大惊小怪，山背罗湾的水比油还金贵，谁会见天浪费在脸上，长点眼屎又不怕。他轻扬一下手中的鞭子，耕牛的速度加快了，他长叹一声说：“这光景，你们不愁啊？”

同在一头地里的李谢选、李让安两位年轻人回道：“豆爸，要是这会儿哭就能让全家人后面不争口粮，那让我们变成孟姜女都成。”

豆新华哼了一声说：“你们俩就别在我面前叫穷了，放心，我暂时还借不到你们家里去。”

天没亮就到地里干活的村支书杨争海，这会儿已经把一台子地的土粪撒完，准备回家吃午饭。他在路上听到地里人的对话，便停下脚步，几大步跨到下面，给近处的几个人分别扔去一支香烟，顺势坐在地坎上，抽着自己手中的烟说：“你们都少吃食味食了，这两年，山背罗湾人除了那五六户日子过不到人前的，谁家还会争口粮？去年又是个大年，家家都有余粮存着呢。”

豆新华轻斥一声，耕牛停了下来，他习惯性地揉了一下眼睛边上的眼屎，捡起落在脚边的香烟，就地而坐，点着烟说：

“这都啥年月了，只求吃个肚子饱就行了？你看看山下的那些村庄，一到晚上到处灯火通明的，各家屋里都放着电视，比唱大戏还热闹；什么洗衣机、电冰箱之类的现代化玩意儿，随便走一家就能看到。再看看我们这里，其他的先不说了，到现在还点的煤油灯，天一黑除了上炕睡觉，啥也干不了。和人家比，我们这是过得啥日子嘛！真不知道你们一天都穷乐呵个啥。”

啥年月？

1996 年的春天呗！

杨争海自然知道豆新华问这句话的意思，是给他这个村干部亮耳朵哩。这老汉去年到山下的亲戚家转了一趟，自认为见了世面，回来之后张口闭口就是山下有啥，山下有多好，还经常催他去乡上找领导给山背罗湾拉电。当然，关于拉电这件事情，村里人每天在他耳边念叨，有时候烦得他都想骂娘。作为村里的领头人，他咋能不为全村的发展着想？都快进入 21 世纪了，山背罗湾人过得还是黑灯瞎火的日子。因为全村拉电的事情，他不知道找乡领导争取了多少次，但乡上有乡上的难处。有一次，他又去缠乡长，让他无论如何想办法把山背罗湾通电的事情给解决了。乡长一个大男人，最后被他“难缠”的言行弄得差点哭了，说了一大堆检讨的话，说自己现在都不敢面对山背罗湾的老百姓，新闻媒体上老讲 90 年代是信息时代，是经济与科技大发展的时代，可是山背罗湾两村至今连电都没有通上，放眼全国，不通电的乡村又有几个？他这个一乡之长脸上无光啊！他和乡领导班子白天黑夜地想办法、找出路，但因为横亘在眼前的化马山，很多造福山背罗湾老百姓的利民项目都迟迟不能实施，看到那里的老百姓到现在还过着贫穷落后的生活，他心里难过得紧，怎么可能不管，但乡领导也是凡人，不能把高大的化马山一夜之间搬走啊！乡长一番肺腑之言，杨争海还能多说什么。都是尘世间的血肉之躯，谁能奈何得了一座高大巍峨的山。

驴日的化马山！杨争海在心中狠狠地骂着，悲伤夹杂着委屈，一股一股地从身体里冒出来，让他觉得浑身无力，挪不动脚步。只是，他到底是个有理智的高山汉子，稍纵即逝的不适之后，他又恢复如初。他知道，山背罗湾人现如今的难肠日子，怨谁都是不对的。老祖先带着族人爬上这座山的时候，看好的就是它的与世隔绝。代代相传，辈辈承接。只是，山上年年望相似，山下已非论经年。时代在发展，人心所向好！化马山与世隔绝的生活终究为山背罗湾人筑起了一堵高墙，把世间所有的好事情都挡住了。如今，乡亲们期盼过上山下人那样的好日子，但是这就像登天，太难了。不说别的，就那条唯一通往外面的羊肠小道，还是政府出资，大伙儿出力，用了好长时间才修成的。有了这条小道，乡亲们也算是与山下接上轨了。不过，那路走起来还是很艰难。要到山下赶一趟集，早上天不亮起身，紧赶慢赶地带着一身尘土回到家，再快也追不上黑夜来临的脚步。村里最快最省力的运输工具是毛驴和骡子，大多数时间里村民能依靠的只有自己的两条腿和坚实的脊背。因为长年累月地爬山路背东西，山背罗湾很多人年纪轻轻就变成了“背锅”。又因为穷，村里的女娃一到婚配年龄，都像躲瘟疫一样嫁去了山下。男娃没钱娶媳妇，就是攒够了钱，也不见得有人愿意嫁到山上来，村里的光棍汉便越来越多。原本，山背罗湾就和山下差距很大，这些年山下的人都在向现代化、高科技迈进，山背罗湾却还停留在原地，几乎没有什么变化。这样的山背罗湾，没有人愿意留下来，山下的人更不愿意来山上，眼瞅着它就要变成光棍村了。

杨争海想起村里的这些糟心事，不由得就烦躁起来。乡亲们怪他怨他，他能接受，但也觉得挺委屈的。他自从当上村支书，就下定决心要从根子上解决山背罗湾存在的问题，把它带出个新面貌来。但想法很美好，现实却往往是六亲不认的“拦路虎”。就说拉电这件事情吧，别的先不考虑，只那笨重的水泥杆，要把它们弄上山就是个老大难的问题，靠驴、靠骡子？想都不敢想那是怎样的一种场面。

看到杨争海站在那里猛抽烟，豆新华意识到自己刚才的话说得重了，便咳嗽了一声，说道：“我这是操闲心，人这一世还不都是穷乐呵，在哪里活不是活，咱山背罗湾除了山高、路陡、地薄、缺水、欠收成外，空气新鲜，站得高望得远，不受世事烦扰，蛮好的。”

豆新华在山上生活了70多年，啥苦都受过，啥事都看得明白，他知道这块地方至今通不上电，不怨任何人，实在是化马山生得太高太陡了。何况通不通电，和他又有多大的关系呢。人生七十古来稀，活过今晚，他还能不能看见明早的太阳都说不上。只不过几十年过着一样的日子，看着一样的天地，他不甘心啊。他有一个心愿：在闭眼之前能看到山背罗湾有所发展，后辈儿孙们的日子能比现在好过一些。山下人现在享受的什么电视、洗衣机、席梦思之类的洋玩意儿，豆新华都不眼馋，他只希望在他死后能有亮铮铮的电灯送一程，等到了另一个世界，他就能讲给早走的那些山背罗湾人听，好让他们也高兴高兴。按照目前的情形来看，这大概只能是他的奢望了。

种洋芋的岷县媳妇小声嘀咕道："这鬼地方有啥好的，山路把人走成罗圈腿背锅子了，油灯把人熏成眼泪坛子了，山水把人吃成烟锅袋子了，真不愧叫山背罗湾。"

她的话好像没有人听到，大伙儿都在和豆新华老人没高没低地说笑呢。杨争海倒是听见了，却不知说什么好，他站在那里沉默了一会儿，决定吃完午饭再去趟乡上,便转身往家中走去。

二 "背"土

吃罢晚饭，手脚麻利的人家赶紧给圈里的猪倒上食，给牲口添上草，夜色便像一顶大锅盖似的把山背罗湾紧紧地罩在身下了。

村庄变得安静起来，各家屋里相继亮起昏黄的油灯，不一会儿，又相继熄灭。偶尔还有两三户人家亮着油灯，那肯定是因为他们有重要的事情还没做完，否则也不会白白浪费灯油遭人笑话。在山背罗湾，只有那些个光棍汉们不管不顾“家从细处来”的道理，白天他们过着一人吃饱，全家不饿的日子，到了夜晚，都孤身难熬，他们便聚集在其中的一两家，打牌、喝酒、胡扯，以打发漫漫长夜。对于光棍汉们这样的夜生活，村里人从指责到接受，现在已经习惯，再没人去管，但其他人是不能参与的，于是，早睡就成为山背罗湾大多数人的常态。只是，这种生活常态给全乡的计划生育工作带来了不少麻烦，计生用品发了又发，还是杜绝不了超生，有啥办法呢，没有其他娱乐活动，黑灯瞎火的，人类最原始的欲望就成为走向天明的救赎。

那晚是月初，天格外的黑，山背罗湾人像往常一样早早地熄灭油灯歇下了，偌大的村子，只有两处地方还透着昏暗的光，一处是光棍汉们的聚集点，还有一处是村庄前面的羊肠小道，那里的灯光忽明忽暗，一会儿伸长，一会儿又缩成一团，在这寂静的黑夜里，远远看过去就像是鬼火，诡异得吓人。不过，也只有外面的人会这样觉得，当地人看见了，一点儿都不奇怪，问一句“又要去‘背’土了”，便回屋安心地睡觉去了。有什么好奇怪的，每年的春天到秋天，山背罗湾各家的壮劳力都要干几回深夜下山“背”土的营生，这在村里是老少皆知的“秘密”，能“背”回土的人都是顶厉害的男人呢！而且，两村“背”土的人，已在无意当中分成几个组轮流行动，一组最多六七个人，下山之后要分开行动，不能守在一家人的地里取土。在这样的夜晚，唯一睡不着觉的人可能只有那些“背”土男人们的老母亲或女人了。到底不是什么光彩的事情，万一被人家发现了，多丢人啊。她们会拿上家中常备的香火，悄悄去村里的土地庙，祈求土地神保佑自家人“背”土顺当，平安回来。

山背罗湾出门就是坡，坡上除了大大小小的石头，最多的就是土了，还需要去哪里往回“背”土呢？这样问话的人一定不是山背罗湾当地人，大家肯定会鄙夷地看他一眼，一般不会做解释。不是当地人，哪里懂得土与土的差别，说了也白说。只有山背罗湾人，才知道冒着被山下人辱骂的危险，“背”回来的那几背篼土多么金贵，那是旱烟丰收后的好价钱，是黄芪、党参长成硕根的肥料。被抓住的后果，他们当然想过，但万一山下人睡得沉呢？

再看那束鬼火似的亮光，还在路上闪着呢。原来，那是早到的“背”土汉子亮起的手电筒。接着，六个背着背篼、手拿铁锨的壮实汉子相继走到了一起。他们里面，有山背的，有罗湾的，白天已商量好，等天黑实了就结伴去山下的化马寨“背”土。这个时辰出发，是历来“背”土人不成文的规定，三个小时后到达山下，刚好是午夜，正是人们睡意沉沉之际，他们神不知鬼不觉地分头溜进早就踩过点的准备下种的厚地里，迅速铲满一背篼又细又肥的土，再速度撤离，等爬上第二道梁，听到身后没有追赶的脚步声，就算大功告成，可以歇一口气，慢慢往回走了。体力好的人赶到家也得是天亮时分了，走走歇歇的话，赶午饭前到家也正常。等他们把一背篼好土倒进自家的旱烟苗床上，一个个都跟浑身散架了似的，要几个晚上的囫囵觉才能恢复元气。

起初，山下人发现地里坑坑洼洼的痕迹，还以为是山上的野物路过时留下的。只是，后来次数多了，细看发现那根本不是野物的爪子印，倒像是人的脚印。又观察了一段时间，山下人发现，但凡出现这种痕迹的地方，都是没有种任何作物的空地，白天平平整整的，过一晚上，这些地方就变得面目全非了。他们百思不得其解。收割之季，摸黑跑进别人家地里偷麦穗、玉米棒子、药材、干果、土豆，甚至青稞、蔬菜的事情，在农村并不少见，但跑进一块什么都不种的空地里搞破坏，说不过去啊！是与地有仇，还是与地的主人结了怨？这时候，他们还没有发现地里的土少了，毕竟那么大一块地，少了一两背篼土，轻易看不出来。再说任谁的脑子再灵活，怕也想不到自家地里的土都有人惦记。直到有一天，山背的一个男人去山下赶酒席，喝醉了酒，信口把“背”土的事情说了出来，山下人才恍然大悟，有点儿生气，又有点儿好笑。他们觉得，山背罗湾的人太闲了，光棍又那么多，积攒的力气没处使，才会在深更半夜干如此令人哭笑不得的事情。那么高的山，那么陡的小道，那么重的一背篼土，都不知道是怎么背上去的，也不怕把人累出毛病来。

打那以后，山下人开始有所防备，要么晚上在地头点上一堆火，要么时不时地于深夜去地里转悠上一趟，有的人家还在地边搭上一间鞍房，搞得像地里种了什么值钱之物似的。山下人都知道，这不过是虚张声势罢了，没有人会真的守在破鞍房里等着抓“背”土的山背罗湾人。他们觉得，山背罗湾人既然已经知道自己“背”土的事情泄露出去了，就不会再来了。山下人如此装腔作势一番，是为了自家的面子。你想想，只要是自己的东西，长时间放在原地，觉得无关紧要，但若是丢了，哪怕是一根细细的针，心里总归会不舒服，何况还是全家赖以生存的土地遭到了破坏。

山背罗湾人心中对山下人是怀有愧意的，行径泄露后，他们也想着收手，好多人没有再行动。只有那么几个胆大的，抱着侥幸心理，依然会隔一阵子就去“背”一回土，一直都是小心地去，平安地回来，没出什么事儿。慢慢的，山背罗湾人“背”土的秩序又恢复如初，实在是山下地里的土比山上的要肥沃很多，长出来的旱烟苗、药材和瓜果蔬菜，就是不一样。

那天晚上的六个汉子，是开年后第一次去“背”土。他们前脚一走，他们的母亲或女人后脚便去了土地庙，虔诚地敬上香火，又低声祈祷了一番，就回家静等他们凯旋。第二天天亮，其中一个人空着背篼回来了，还带来不好的消息，“背”土的六个人在行动时，有两个人被发现，山下人并没有穷追不舍，只是隔得远远地大声骂开了，他们听见，赶紧跑了。可能是因为心里慌张，跑到山洼里时，其中一个人被脚下的石头绊倒，摔伤了腰。同伴只好把受伤的人抬下山，厚着脸皮求山下有车的人帮忙把伤者送到县城，医生说需要做手术，否则有可能会瘫痪。

摔伤腰的“背”土人做手术需要一大笔钱，那家人肯定拿不出来，山背罗湾人不会眼睁睁地看着一个好好的人从此成为废人，他们各尽各的心，能出多少出多少，想着无论如何，都得先把人救好了。

只要活着，日子就得向前推，以后还去不去“背”土呢？经历了一场“背”土之劫的山背罗湾人也不知道。他们心中感念着山下人的仁慈，悲哀着自己的处境，他们无数次地问自己，啥时候我们才能不眼馋人家的那一背篼土？

三　抢　水

初春那会儿，山背罗湾人鼓足干劲儿，在卧牛田里做着春播的准备工作，顺便过过嘴瘾，“羡慕嫉妒”一下山下人现代化的生活，再小小地憧憬一下自家拉上电之后的好日子。但是，过了清明，他们就没有多余的精力去想这些不现实的事情了，全村除了不谙世事的小人儿，几乎所有人都把生活的重心投入到一件事情上：抢水——人吃的水，家畜饮的水。菜地里、药材地里、庄稼地里，都缺水缺得伤痕累累，但人吃的水都成问题了，哪里还顾得上它们。牛、驴、羊、猪这些家畜不但是条生命，还是家中最值当的财产，不救活它们，以后的日子就没法过了。

满天的星星还在精神抖擞地向大地眨眼时，山背罗湾的岔路上已经人影攒动、人声喧哗了。岔路的尽头，聚集着村里起得更早的男男女女，他们全都一手提着两只水桶，铁皮的、木头的或者塑料的，桶里装着一把舀水的马勺，另一只手里拿着一根扁担，按照先来后到的顺序自觉地排成两排，都眼巴巴地盯着最前方。那里是一汪泉，涌出全家人期盼的水，虽然站在队伍里看不到泉水的情形，但此时清凉甘甜的水香已弥漫在他们心中。那是全村唯一一处还没有干涸的泉，每年的这段时间就靠它支撑着一千余号人的生命。

人，和脚下的庄稼没啥两样，缺了肥料，大不了变蔫变黄，可一旦缺水，身子上下就瘪了，没有形状了。水是生命的源泉！山背罗湾地处高寒陡峭地带，年平均降雨量少得可怜，地下水更是稀缺，经常遇到腊月二十几落完最后一场大雪，直到来年清明节再见不上雨水的干旱天气。多亏岔路上的这口泉在低洼处，有一股地下水自山顶密林处源源不断地流淌下来，在其他几处泉干得和卧牛田没啥两样时，它成了山背罗湾人的最后一根救命稻草。但是，山顶的地下水也经不住久旱的煎熬，能渗进泉里的水日日都在减少。

清明节过去好多天了，山背罗湾还是没有等来雨水，天气又渐渐热起来，那口泉的蓄水量下降得更厉害，白天舀上来的就是一勺勺泥多于水的混合物，只有经过一个晚上的积蓄和沉淀，看起来才像泓清泉。于是，全村人每天午饭后就开始盼着夜晚的到来，早早地歇下，后半夜再起来，去泉边排队、抢水。去得迟的人，只能连泥带水地挑回家，放上半天，除去沉浸在桶下面的污泥，净化出来的水也能救命。实在是太落后的人，就只能无功而返，那家人当天就只能吃炒面了。这种干旱，这样的抢水生活，山背罗湾几乎每年都要上演。祖祖辈辈都过着“收成看天，吃水靠腿”的生活，现在他们又能怎么样，他们担心的是倘若再不下雨，恐怕连最后一根稻草都要断掉了。

挑回家的水，各家都当油使，只能勉强维持嘴里的吃喝。这么珍贵的水，不仅要供给人，还要供给鼻孔里出气的家畜。但凡有一点儿浪费，无论大人小孩，都会有一种罪恶感。你看，土地干裂得踩上去就会升腾起一片土雾，快要被渴死的农作物蜷缩成一团，像生命垂危而心愿未了的老人，努力与死亡做着最后的抗争。如此干旱的惨状，山背罗湾人只能唉声叹气地看着，老天爷不下雨，他们没法子呀。每到这个时候，他们就更加羡慕山下人了。人家有滔滔不绝的白龙江水作后盾，那一江的水，取之不尽，用之不竭，多好啊！如果能给山背罗湾分出十分之一来，大家的日子也不至于这么难了。哎，这只能是白日做梦，山背罗湾在“天上”，白龙江里的水又没长翅膀。也就这样做梦似的想想，最后全村的男女老少还得眼巴巴地盯着化马山头，只要那里有乌云飘过，他们就赶紧虔诚地对着它祈愿。等待一场雨的到来，就像等待分别了一世的情人，中间不知会遭遇多少艰辛和苦痛。

土地庙里整日香火不断，女人们知道心诚则灵，她们拿出连自家男人“背”土时都舍不得吃的供品献给土地爷，只愿他能对山背罗湾人生出悲悯之心。

山背罗湾的旱情惊动了乡上，难得上一趟山的乡干部来了，说了许多鼓励的话。山背罗湾人很感动。只是，谁来了也无法缓解山背罗湾的旱情，没有大路可走，人背、驴驮，简直如隔靴搔痒般没有效果。白龙江水奔腾不息，他们只能远远地看着想着。

一连几天，山背罗湾人听到高空的炮声，以为是准备起地基盖房子的人家在炸石头。乡干部说春旱太严重了，山下的乡村还有白龙江水可以引灌到地里，山上引不上去江水，政府领导看着着急，想采用科学的办法实施人工降雨。山背罗湾人不相信，呼风唤雨那是神仙才能干成的事儿，人类啥时候变得这么厉害了呢？

一天中午，震天的炮声响过没多久，豆大的雨点突然就倒核桃似的落到了化马山上。霎时，山背罗湾被包裹在浓浓的雨雾中，山谷、村庄、房舍，都变得若隐若现，天地在唰唰的雨声中连成一体，空气湿润起来，充溢着泥土的芳香。山背罗湾人最熟悉的就是这种味道，因为干旱，他们几个月没有闻到过了，总觉得生活中缺少了一大块，在地里劳动的时候都无精打采的。这下好了，久违的东西又回来了，那是土地得救的信号，是乡村最本质的气味，是力气的催化剂。山背罗湾人几个月以来的焦躁情绪放下了，他们感叹着科技的厉害，觉得耳边的雨声比世界上任何一种声音都好听，心中谋划着一定要充分利用好这场不同寻常的雨水。

那一天的大雨一直持续到掌灯时分，山背罗湾人准备睡觉时，耳边已经听不到雨声了。许多人想着，明天不用再去抢水，可以好好地睡个懒觉了。可是，天才麻麻亮，村子里就传来一片嘈杂的吵骂声。东边的李家在房前渠里筑起一道坝，把水都聚在了里面，旁边的豆家早晨起来发现后特别生气，骂李家人不厚道，吃老天爷的独食。西边的罗家、王家也是因为一家聚水引起另一家的不满而争得脖粗脸红。羊肠小道的两侧坡上，一家、两家的，也是吵得不可开交，都是雨水惹的祸。那里的卧牛田多，但土层薄，坡度又大，下过雨后，能渗入地下的水量并没有多少，都自上而下流失了。高处地里的主人为了蓄水保墒，在地中间挖出渠道，把水先聚住，再人为地一点点洒到地里。这样一来，位于他下方的人家不愿意了，开始理论，各说各有理，一个比一个声音大，吵得嗓子眼里直冒火。

眼看着太阳当空照了，地里的湿气在慢慢散去，空气里似乎又响起干旱的信号，他们猛然一愣，相互对望一眼，一下子都闭了嘴，趁着墒情赶紧干活去了。

干旱，是山背罗湾的常客，所以为雨水争吵的事情，大家见惯不怪。反正就那么点事儿，吵过了，心中的气出了，一段时间见面互不搭理，一个偶然的机会，又会和好如初。其实，大家平日里相处得很融洽，彼此间很友善。村里谁家盖房子，或者过红白喜事，大家都会放下手头的活儿，跑过去帮忙，把事情过得圆圆满满。谁家有了难，全村人有钱的借钱，有力的出力，都会尽一份绵薄之力，帮助这家人渡过难关。村里的几个“五保户”，身体好的时候能自食其力，若是生病了，左邻右舍会主动上门去照顾，一日三餐轮流送过去，直到病人身体康复。即使遇上一些是是非非，也不太有人计较，互相担待一下就过去了。只不过，在干旱的季节，雨水却成了山背罗湾人最不能碰触的底线，物以稀为贵，一家占去，另一家就没有了，不争不护，全家人的日子就没法儿过了。

四　距离之痛

夜半时分，山背罗湾人被一阵撕心裂肺的哭声吵醒了。

各家的油灯相继亮起来，接着是吱呀、吱呀的开门声，半梦半醒的人们都站在自家院子里。他们揉着惺忪的眼睛，侧耳细听，方听出哭声是从豆土根家里传出来的，都不约而同地赶去他家了。

白天，豆土根在坡下的地里掰了一天的苞谷，傍晚收工回家时又背了一大背篼。走在平日里走惯了的上坡路上，他感到从未有过的吃力，走着走着还浑身直冒冷汗，头重脚轻的。但他向来干活不服输，硬是鼓足力气，脚下打着趔趄，一步一挪地把苞谷背到了家门口。有人发现他的时候，他已经栽倒在地上不省人事了。家里人吓坏了，赶紧把村医杨风生请了过来。杨风生摸了摸豆土根的脉搏，把听诊器搭在他胸前听了一会儿，说是心脏上的毛病，不及时抢救会有生命危险，得赶紧把人送到县医院去。

村子就那么大，谁家有个风吹草动，转眼间全村老少就全知道了，何况又是吃晚饭的时候，大家都从地里往回走，路上遇见时就相互告知豆土根昏倒的事情。片刻工夫，豆土根家那小小的屋子里已经挤满了人。杨风生的话一落地，豆土根一家老少哭的哭，吵的吵，不知如何是好，倒是村里几个身强力壮的男人当机立断找来担架，和豆土根的儿子一起小心翼翼地把他抬上去，又请杨风生护送，踩着夜色走向山下，守在他们家的其余人便都陆续回家睡觉去了。

去山下的路那么远，病人又不能颠簸，担架只能缓慢前行，按时间算，这会儿他们最远也就走到山下的公路上。可是，听那悲怆的哭声，大家心里都清楚，豆土根十有八九是去了。

刚过 50 岁的豆土根真的死了，送他去山下医治的半路上咽的气。他老婆拖着一条瘸腿，趴在他冰冷的尸体上，哭得死去活来。70 多岁的父母亲白发人送黑发人，直喊老天爷怎么不先要了他们的命。未成家的儿子和小女儿见了人就跪拜，悲痛得话都说不出来。嫁到山下的大女儿还不知情，得有人去给她报丧。看着这样的场面，山背罗湾人心里都不好受，整个村子像被寒霜打蔫了，死气沉沉的。

山高路远，生活有诸多不便，很多事情将就一下就过去了，唯有疾病落在身上时无法将就，尤其遇上突发的急性病，从山上到山下，就是从阎王殿到人间的生死争夺战。豆土根输了，输给了高耸的化马山，让阎王给招去了。这几年，山背罗湾已经有十几个人死在了被送往医院的半路上，有和豆土根年纪差不多的，也有比他更年轻的，要是死者是个还没有成家的年轻人，依照村里的规矩不能进村，从半道上抬回来就在村外搭一个简易灵堂，最后草草地埋掉。每经历一次这样的事情，山背罗湾人就会郁闷好长时间，他们难免把这些遭遇联想在自己或家人身上，说来就来的疾病又不长眼，落到谁头上谁就得受着。死去的人倒好说，两腿一蹬，两眼一闭，躺在那里只等着入土为安，难挨的是活着的人，要承受失去亲人的彻骨之痛，还要考虑今后一大家子人的日子怎么过活，有时候真是叫天天不应，叫地地不灵。瞧瞧豆土根甩下的这一家子，连村里人都替他们发愁。他老婆行走不利索，平日里能把一家人的三顿饭按时按点做好都有点儿困难；儿子刚刚成年，一直生活在父亲的庇护之下，还没有做好挑起家庭重担的心理准备；年迈的父亲因为中风偏瘫，长年卧病在炕上，自己连日常生活都料理不了；母亲患有慢性病，离不开药罐子。这样老弱病残的一大家子，失去了顶梁柱，以后可怎么过活呢？

杨风生作为山背罗湾唯一的乡村医生，亲眼看着豆土根从心脏病发作到走向生命的尽头，他心中充满痛苦和自责。他自己也明白，医生不是万能的，何况他一个小小的村医，既无高超的医术，也无必备的仪器和对症的药品。像豆土根当时那种情况，即使短时间内送进县医院抢救，也未必就能救活。但是，连医院都没能进去试一试，就让一个鲜活的生命从自己眼皮底下消失了，杨风生心中实在不能安宁。他自从当上村医，每隔一段时间就要护送自己看不了的病人下山去救治，有的治好了，有的像豆土根一样死在了半路上。死掉的，有的真的是病情严重救不了，有的却是被这遥远的距离给耽搁了。

老光棍罗瘦猴去年端阳节先是吃了蜂蜜粽子，接着又吃了新鲜的大蒜，两种食物相克导致他中毒，肚子疼得直在地上打滚。杨风生那里没有可以医治的药，就护送他下山去医院，结果才走到半山腰，他就疼死过去，再没醒来。村东边罗老头家的大儿子，32 岁那年好不容易从舟曲的山村娶了个同龄女子进门，一年后这女人怀孕，胎儿七个多月时杨风生检查出是立位，又是高龄孕妇，他让他们做好做剖宫产的准备，预产期前半个月一定要住进县医院。可是，他们家太困难了，拿不出那么多钱去城里住院，临近生产前一个星期，孕妇还在村里晃悠，结果预产期又提前了几天，当时请杨风生过去检查，情况很不好，赶紧找人往山下抬，但终究没等送到县医院，一尸两命的悲剧就发生了。还有村南的袁大爷、村西老权的小儿子，生病后如果能第一时间送进县医院，及时接受更好的治疗，也许他们现在都还活得好好的。哎，这样的假设又有何用呢！在高耸的化马山面前，山背罗湾人的生命还不如坡上的一丛灌木、一棵小草，灌木、小草冬枯春发，即使经历了长时间的干旱，也能在得到一点雨露后再次萌动发芽，冲出土层开始又一茬的生长。有时候山上的草木被大石压身，还能曲曲折折地绕过阻力，努力地长大。而住在化马山上的人，在灾难来临时却不堪一击，说消失就消失了。

杨风生一次又一次亲眼看到与自己朝夕相处的父老乡亲，经历短暂的病痛之后，心有不甘地永远闭上双眼，去了另一个世界。他很痛苦，也感到很挫败，他知道在无路可走的山背罗湾，这样的不幸以后还会发生，他唯一能做的，就是尽自己最大的能耐，将这种不幸发生的概率降到最低。

山背罗湾人其实很感激有杨风生这样一位乡村医生，在这之前，村里就没有一个正儿八经的大夫，谁要是有个头疼脑热，只能靠偏方，或是自己生生把病扛过去。后来终于有了杨风生这个村医。那时候，杨家有一个亲戚在大城市工作，见多识广，他在杨风生初中毕业之际，建议杨父让儿子上了县城的卫校。杨风生上学时的境况极其艰难，但他争气，咬牙坚持两年，完成了卫校的学业，又抱着学有所用的想法回到山背罗湾，开始了他的乡村行医生涯。当时他才 20 出头，不怕累不怕苦，一边给乡亲们看病，一边不断地学习，十年过去，现在他的临床经验越来越丰富，深得村里人爱戴。平时村里不管谁有个头疼脑热，都会上门找他医治，很方便，药费又便宜，还十有八九药到病除。杨风生的腿脚勤快，人也热心，谁家的老人生病起不了身，他就背上医药箱上门去服务。村里年轻媳妇生娃，嫌去医院里花费大，多数都由年长的阿婆接生，后来这项任务也慢慢转交给杨风生了。杨风生也不负众望，从孕期的定期检查到接生，凡是他认为有把握的，最后都顺顺利利地生下了。输液、打针、中西药，他样样在行。他所用的中药材大多是从当地收回来，自己加工炮制的，成本低，收的药费自然就便宜。山背罗湾人说杨风生是全科大夫，啥病都会看，不像县里的医院，还分什么内科外科，只要进去，排队挂号、抽血、化验、B 超等等都得过一遍，跑得人晕头转向的，到头来拿着各种检查单，找医生开上一大堆药，医药费贵得让人心里滴血，到头来还不一定能把病治好。要是得了大病，那样折腾也罢了，日常小病还是一样的程序，这让山背罗湾人想起来就害怕。幸好，学医有成的杨风生回到山上，山背罗湾人看病一下子方便多了，还节省了不少开支。至于那些英年早逝的人，大家除了抱以同情和遗憾，从来没有怪过杨风生，也从来没有怀疑过他的医术。俗话说：生死有命，富贵在天。何况在与世脱节的高半山上，活着很不容易，死却总是来得猝不及防。

山背罗湾的初秋，天高云淡，风和气爽，又有成熟的庄稼可以收割，是一个让大家盼望又迷恋的季节。只是，景色再怡人，也掩盖不住豆土根离世给村里带来的沉重。虽说人吃五谷杂粮生百病，难免三灾八难，但上一刻还在田间地头又说又笑的一个人，下一刻却已命丧黄泉。面对这突如其来的不幸，一时半会儿任谁也没办法释怀。对化马山的怨，对老天爷的祈求，对生命的哀叹，如滔滔江水般从山背罗湾人的口中心中涌了出来。

子曰：人无远虑，必有近忧。山背罗湾人的老先人当初逃到这海拔 1900 多米的化马山上，保住了家族的平安。但是，一时的平安过后，是无数代人看不到头的苦难生活。被生活逼急了，有人抱怨，有人骂娘。好在习惯成自然，这个地方的人天长日久地待在自己的天地里，过着差不多一样的生活，只要不与外界接触，他们心里并没有多少落差。那些抱怨，那些对艰难日子的控诉，不过是偶尔爆发的情绪，让嘴巴说说闲话，从而把心中积聚的苦楚多多少少散发出去一些，再用力抓住闪现在眼前的一丝亮光，继续行走在高高的化马山上，接着与天斗、与地争，最后如果能让生命善始善终，那就是最大的造化了。一季金灿灿的玉米棒子，长在园子里的几朵大白菜，挖出来的几堆土豆，要卖给杨风生的十几公斤当归、党参，一树高高挑起的青核桃、红柿子，都会让山背罗湾人眼前一亮，给生活带来新的希望。

五　气味之忧

因为长期生活在高山上，出门不是肩挑就得背扛，需要出大力气的地方实在太多，所以在过去很长一段时间里，山背罗湾人重男轻女的思想要比其他地方的严重。甚至，他们说起自家有几个娃时，都不会把女娃儿算在其中。实行计划生育政策以后，即使村民们再怎么想方设法地偷生，也有个限度了。生的少了，女娃变得比原来金贵起来，从落地的那一刻起，家中长辈心中对她们就有了与对男娃不一样的期望：一定要让自家女子长大后脱了山上人的皮，成为山下人的媳妇。女娃懂事后，最大的心愿就是能够嫁到山下去。但想归想，能不能实现还得看命运。有的女娃梦想成真，过上了山下人的轻松日子；有的却不得不从罗湾嫁到山背，或是从山背嫁到罗湾，左右离不开化马山，一辈子就在原地打转儿了。

豆土根的女子豆青叶长得标致，去年20岁刚过，被山下一户开木器厂的人家相中，不但成为山下人，嫁过去时还为娘家换来一份丰厚的彩礼。豆土根说要用那份彩礼盖一座新房，加上自己这些年牙缝里省出来的积蓄，等儿子到了结婚年龄，就能给他娶一房好媳妇了。只是，人在地上计划，天在上面变化，豆土根盖新房的愿望还没实现，他却已变成人世间的一个小土堆。老天还真是爱捉弄人！

豆土根在山背罗湾辛辛苦苦干了一辈子，没有享过一天福，离开这个世界时却得了女子豆青叶的福：穿着里外七件套的华丽绸缎老衣，体面地长眠于地下了，这在山背罗湾的历史上还从没有过。大家的日子都过得捉襟见肘，家中有人过世了，能给穿上一身里外三件的丝绸老衣就很好了，豆土根的老衣却是七件，还是嫁出门的女子掏钱置办的。一时间，人人都羡慕豆青叶命好，说这就是山上与山下的区别，如果豆青叶还留在山上，再孝顺也只有多哭几声的能力，哪里还能让老爹如此风光厚葬，钱是硬头货，人家豆青叶找了个能挣钱的好男人。挣钱，是山背罗湾人最想干却又最无处下手的事情。哎，在山背罗湾，又岂止只有挣钱让人无奈，脚下的羊肠小道，石头间的卧牛田，干旱时节的严重缺水，样样都是绑住大家手脚的枷锁。

确实，豆青叶嫁了个好婆家，地方好，家底好。但是，有一件事情她依然无能为力，那就是父亲的棺木。一直以来，山背罗湾人一辈子最重要的三件事就是盖房子、传宗接代、给老人送终。前两件有时候受各方面因素的干扰，有些人未必能完成，但给老人送终这件事，必须得做好，而且还要提前做准备，比如寿衣、棺木、墓地等。在化马山一带，棺木可以是松木板做的，也可以是杨木、桐木的，最好的是柏木，不过太贵了，山背罗湾没有人用过。豆土根年纪不大，是突然过世的，肯定没有现成的棺木给他用。要是在山下，人过世了没有现成的棺木也不算啥大事儿，豆青叶的男人就是开木器厂的，柏木、松木板子多的是，赶一下工，两天之内一副棺木就做好了。然而，这是在山背罗湾，中间隔着一座高耸的化马山呢。棺木做好了，怎么运上去？人抬？驴驮？棺木这种庞然大物，很难从化马山的羊肠小道运送上去。如果时间宽裕，还可以把锯好的板子分批背上去，到山上再请木匠做，无非就是多耗费一些人力，多花费一点时间。但是，人已经死了，按山背罗湾的风俗，亡人在阳间停留的时间是三天。显然，要在三天之内给豆土根送上一副棺木是不可能了。正当大家一筹莫展时，豆土根的老父亲发话了，他让儿子把他的棺木背走。豆土根父亲59岁那一年摔了一跤，造成脑出血，差一点儿死掉，豆土根急忙把平日里零零碎碎驮上山的几根松木锯成板子，请村里的木匠给他赶出了一副棺木。棺木摆放在那里了，快咽气的人却又慢慢恢复元气，活了过来，只不过瘫在炕上，再也不能自由行动。直到现在，老父亲还在炕头磨着，为他准备好棺木的儿子，一直身强力壮的，却突然死去了。“活人床上躺，死人路上行。”古人总结的许多谚语，总是道破天机，一语见真。

在山背罗湾，棺木是不能借人的，被借走了，就意味着棺木主人的寿命要到头了。豆土根的父亲不在意这个，他恨不得自己能把死去的儿子换回来呢。就这样，豆土根躺在他为老爹准备的棺木里，结束了自己不算长的一生。

豆土根出殡的那天正好是教师节，山背罗湾的村办学校石地小学提前一天就放假了。事实上，放假对于石地小学的学生来说是家常便饭。学校里有三名老师，两名正式的是山下来的中专生，一名临时的是当地人，高中毕业。因为山高路远，校舍又简陋，那两名老师时常来不了学校。这种情况下学生们就自行放假，家长也习惯了，放假回到家中的娃儿们还能帮忙干一些力所能及的农活呢。教师节是法定假日，村里又有丧事要忙，学校更有理由提前放假了。学生娃儿们嘴馋流水席上的肉丸子，大清早就尾随大人去了豆土根家，然后三个一群、五个一堆，在旁边的空地上闹腾，等着坐席吃肉丸子。豆土根出殡的时辰在申时，要提前准备好的具体事情很多，打坟、抬棺、帮灶、安席等等，都是不能马虎的重要环节。当然，这些事儿也不可能马虎。豆土根刚过世，杨争海就自觉挑起了丧事总管的重任，帮忙把灵堂设起之后，又把丧事上的大小事务一件一件落实到人。大家领了任务，便各就各位，各司其职，有条不紊地忙去了。话说杨争海，虽然当上村支书没两年，在村民中的威信却很高，不管谁家遇上红白喜事，都会请他当总管。像当村支书一样，在总管的岗位上他也是事无巨细，事事操心，每次都让事情过得顺顺利利，圆圆满满。

临近中午，豆土根的丧事场里走进来五六个陌生面孔，身后跟着几名小学生模样的娃儿们。一行人风尘仆仆，从衣着打扮上看，应该是山下来的客人。坐在灵堂里的豆青叶和丈夫迎出来，给大家介绍，说来人是他们那边的亲戚。事情场里一次来这么多山下人，豆土根家是第一个，这在山背罗湾算是很有面子的事情了。以杨争海为首的山背罗湾人热情地招呼着山下客人，一个脸上白净的少年拍打着衣服上的土，蹙了蹙鼻子，小声嘀咕道："什么味儿，这么难闻？"

他身边一位穿着新衣服的大眼睛小女生听到了，直接大声嚷道："臭味啊，一进村我就闻到了，它好像还长了脚，一直在跟着我们走。"

两个一般大的小男生一边玩着手里的玩具奥特曼，一边附和道："就是，就是，到处都是臭味，太难闻了。"

豆青叶和她丈夫、杨争海以及在场的山背罗湾人都愣住了，山下来的几个大人也尴尬地站在那里，院子里的气氛好像凝固了，安静得能听到彼此的呼吸。片刻，杨争海故作轻松地嘿嘿笑着，热情地招呼客人："赶紧坐，赶紧坐下来歇一歇，路这么远，一定都走累了。"

其中一位中年男人面相很斯文，豆青叶和她丈夫叫他大伯，并说他是一名中学老师。他一出口就文绉绉的："还好，还好，今天放假，大家过来吊唁青叶父亲，顺便带着娃儿们上山锻炼一下。你们这里路虽然不太好走，但地方和世外桃源一样，是神仙之居啊。"他说完，趁大家不注意，狠狠地瞪了几眼身边刚才说话的娃儿们，娃儿们的家长好像也在暗暗地教训着他们。只是，这些娃儿们才不管那么多，刚挨过训，转身就私下里嘀咕道："大人们真虚伪，本来就臭气熏天的，还不让我们说。什么世外桃源、神仙之居，陶源明说的世外桃源是这个样子的吗？"

白净的少年到底年龄大一点，可能意识到他刚才的口无遮拦会让山背罗湾人难堪，这会儿凑过来，顺着青叶大伯的话说道："这儿的风景确实不错，我们山下就没有。"

一个小男生鄙视地看着他说："大哥，你眼瞎啊，这地方又穷又脏的，哪里有风景？"

大人们忙着寒暄，再没人关注娃儿们的话。但是，他们身侧原来坐着闲聊的另一拨山背罗湾人却听到了那些话，脸顿时一沉，转头盯着他们看了一会儿，最后作罢了。能怎么办？心中再有疙瘩，再有计较，要是说出来，除了难过和尴尬，又能如何？在这个世界上，要说表里如一，也就是这些半大的孩子了。大人们掩饰，是给山背罗湾人面子，人家娃儿们那是见啥说啥，一语道破实情。

山背罗湾的房子几乎都是一个构造，土木结构，低矮的两层。上面住人，下面养家畜，这也是山下娃儿们说村里味道难闻的根源。

早先，罗姓先人领着族人在化马山上游荡，最后选准一块相对平坦的地方作为家园，长期生活了下来。繁衍后代、盖房、垦荒、种田、饲养家畜，日子一天天过着，慢慢有了罗湾村，接着再发展壮大，又有了山背村。时节不居，岁月如流。两个村的人越来越多，建造的房子成正比增加，山上有限的平地不够用了。为了让家人有居室，家畜有圈所，村里头脑灵活的人想出一个聪明的办法：把房子由原来的平房盖成两层，人住在第二层，第一层作牛、驴、羊、猪、鸡等家畜的圈所，这样既节约地方，又方便饲养，一举两得，皆大欢喜。于是，土木结构的两层“小洋楼”在村里一座接着一座出现，人、畜居所难题得以圆满解决。

然而，福兮祸所伏，祸兮福所倚。人畜同居的结果是各家院子里都散发出了臭气，无数股臭气随风游走，在空中相互缠绕，再融合飘荡，充斥着每一个空间，使整个村子都沉浸于难闻的臭味之中。山背罗湾人不是没有闻到这股异味，也不是不知道原因。各家各户比以前更加勤快地清理粪便、打扫圈所，试图消除白天黑夜飘荡在村子里的臭气，但力气使尽，作用却甚微。日复一日，年复一年，大家闻着闻着也习惯了。两层“小洋楼”家家都盖起来了，好不容易求得人畜安居乐业的好局面，怎么舍得再改变，再说他们也没办法去改变。难闻就难闻吧，大家同在一片天地里，呼吸着同一种空气，谁也不用嘲笑谁身上有臭味。偶尔有外面人进来，一个蹙鼻皱眉的细微动作，在场的山背罗湾人便知道人家啥意思，但没有人嫌弃到明面上，几句题外话就心照不宣地绕过去了。他们不是想自欺欺人，主要是现状只能如此，说得越多自己心中越难受，倒不如不提。

从山下来的那几个孩子太诚实了，一语戳破山背罗湾人的脓包，肮脏的脓水流出来，丑陋的伤疤也亮出来了，山背罗湾人无地自容，却又不得不装作若无其事的样子。还真是憋屈啊！可是，又能怎么办，人家娃儿们没有说错话，他们这个年纪最不会做的事就是掩饰了。瞧，刚说完那番话，以过分热情粉饰尴尬的大人们心中可能还别扭着，娃儿们却已经无视难闻的气味，围着两个手拿奥特曼的小伙伴，叽叽喳喳地玩耍起来了。

六 黑暗之罪

看到一群陌生人走进豆土根家的丧事场子，又有和自己差不多年纪的小伙伴，在一边玩耍的山背罗湾的娃儿们也不玩了，都跑过来，站在旁边你推我搡的，好奇地看着眼前的山下人。在这些娃儿们的心里，山下就是世界上最好的地方，有公路、汽车，上学不用爬山；读完小学可以接着读初中，学校里不会因为没有老师而经常放假；有明亮的电灯，看书写字不用点煤油灯，晚上还能看电视；家门口有自来水，村旁有江水，不会因为不小心浪费一瓢水而遭受大人的责骂；还有许多他们没有见过的好吃好玩的东西。而这一切，他们只能每天站在化马山上想象，脚下那蚂蚁一样的村庄是他们眼中的天堂，那里的人一定都过着神仙似的快乐生活，他们期盼着有一天这样的生活能来到山背罗湾。他们当中大一点儿的娃娃去过山下，小一些的除了山背、罗湾、石地小学这三个地方，哪里也没去过，山下人的生活具体什么样的，他们其实不知道，大人们常在耳边念叨，他们听着听着就在心中想象出来了。老师说，贫穷限制人的思维。按照目前山背罗湾的情形，他们还没有能力想象出山下人真正的生活，只能是自己以为的那种样子。日有所思，夜有所梦，他们常常在梦里梦到山下人的光阴，会笑着喊出来。大人们从屁股上打醒他们，说不要再做黄粱美梦了。但在许多事情上，他们只听老师的话。比如老师说："梦想还是要有的，说不定哪一天就实现了。"

大人之间的寒暄，山背罗湾的娃儿们没注意听，山下小男生小女生的嫌弃话，他们却听到了，但心里的别扭都抵不过那两个男生手里的玩具。那是什么？他们没有见过，只觉得像看过的小人书中所描述的超人，具体叫啥名字，他们说不上来。每张稚嫩的脸上都浮现出了一丝懊恼，不过他们不觉得丢人，谁让他们生在山背罗湾呢！从出生到长大，他们压根儿就没有玩过什么玩具，住在屋下圈舍里的家畜，山野里的鸟语清风，逼仄的土路，就是他们最好的玩伴。如若哪个人有了新鲜的玩意儿，不出半日，满村的小伙伴便都会见识到。上下学的路上、石地小学不大的操场里，谁不想显摆一下。不过这样的时候很少，各家的日子都过得拮据，哪有闲钱给他们买那些不顶饭吃的玩意儿，除非山下有亲戚的，多少能得到几样人家娃娃玩过的旧玩具。岁月轮回，世事发展，社会日新月异，化马山上的山背罗湾却还待在原地，山下娃娃拥有的许多东西，在山背罗湾注定不会有。外面的世界再精彩，都与山背罗湾的娃儿们无关，除了年龄增长，从老师那里学一些稀里糊涂的知识，他们看到的始终只有山背罗湾这巴掌大的一片天、陡峭的山路、漆黑的夜晚、人畜共住的土屋。

此时，看到新鲜的玩具，他们多么想上前去见识一下。但是因为不熟悉，他们不敢贸然靠近那两个男生，却又实在抗拒不了“超人”的诱惑，最终他们慢慢地凑了上去，羡慕地看着“超人”在两个男生的手中变来变去。其他人说什么“杰克奥特曼”“赛罗奥特曼”，他们像听天书一样，一点儿也不懂，又不好意思张口问。懵懂地看了一会儿，向来爱在他们当中称老大的罗胖胖忍不住了，弱弱地询问道：“这个玩具叫啥名字啊？”

山下来的男女生不约而同地朝罗胖胖看去，那目光俨然就像在看一个白痴。罗胖胖肉乎乎的脸唰地红了，他不好意思地看向身边的伙伴们，他们的神情也极不自然，却又为了得到自己想要的答案而执着地看着对方。

“这是奥特曼。”有一个男生轻飘飘地给出了答案，又吃惊地问道：“你们连这个都不知道？难道没看过日本的动画片《奥特曼》吗？那可是我们全班同学最喜欢看的大片。”

奥特曼？动画片？罗胖胖他们一个瞅一个，似乎在无声地询问："他说的是什么？"一阵沉默，显然，没有一个人知道那个男生嘴里的"奥特曼"是啥东西。

白净少年之前坐在大人那一桌，听到了一些关于山背罗湾的事，倒是明白这些山上娃儿们不说话的缘由了："这里至今连电都不通，他们上哪里去看动画片？"

这回轮到玩奥特曼的小男生们面面相觑了，他们不相信似的睁大眼睛左右张望了一下，问罗胖胖："真的？你们这里不通电？"

罗胖胖点了点头，其他人跟着给出了肯定的答案。对面有人说："哇，这也太可怕了，连电都不通，那晚上没有灯，没有电视看，你们怎么过呀？"

罗胖胖他们不知道该怎么回答这个问题，都低下了头。他们在油灯下出生，在油灯下一天天长大。朝迎太阳升起，晚接黑暗来临；春夏秋冬，四季更替；山荣山枯，月圆月缺；粗茶淡饭，人畜混住。一直这样生活着，并没有觉得有什么不好。山背罗湾是他们的家。老师讲过："家是最温暖的港湾。"山背罗湾在他们眼里心里就是世界上最温暖的地方。然而，此时，他们看着那两个从来没有见过、叫不上名字、被山下同龄人玩转于手掌的玩具，心中很不是滋味。

"谁说我们班同学都喜欢看《奥特曼》？我们女生最喜欢看的是《猫和老鼠》。"大眼睛的小女生和那个小男生应该是一个班的，她并不在意山背罗湾通不通电，也不吃惊这些穿得邋里邋遢的山里娃不知道奥特曼，而是大声纠正着小男生的话。

小男生瞪着小女生说："谁管你们女生了，我说的是男生。"接着，嘿嘿笑了两声说："《猫和老鼠》也很好看，只要是动画片我都爱看。"

罗胖胖他们几个山上娃儿们听出《猫和老鼠》又是一部动画片，但谁也没有再说话，只是讪讪地看着眼前见多识广的男女生，心中的难过又多了几分。

白净少年看出山上几个娃儿们的失落情绪，就给他们讲道："《奥特曼》是日本的一部系列动画片，有《迪迦·奥特曼》《艾斯·奥特曼》《杰克·奥特曼》等多部，主要讲的是当怪兽想要侵占地球时，奥特曼战士为了守护家园，奋勇战斗，最终打败怪兽，保护地球的故事。奥特曼都是具有超能力、崇尚正义的英雄，所以人类称之为宇宙英雄。"他停顿了一下，拿过两个男生手中的奥特曼，边玩边继续说道："这是一种可以改变外形的机器人玩具，这两个是奥特曼，这个叫杰克奥特曼，这个叫赛罗奥特曼，还可以转动变换成其他的奥特曼。"

罗胖胖他们用无比崇拜的眼神望着少年，也不怕丢人了，问道："《猫和老鼠》讲得又是什么？"

不等少年回答，大眼睛女生抢着说："这个我知道，我给你们讲。《猫和老鼠》主要讲述了一对水火不容的冤家——猫和老鼠之间的故事。猫叫汤姆，老鼠叫杰瑞。汤姆经常使用狡诈的诡计来对付杰瑞，但每一次杰瑞都会发挥它的聪明才智，利用汤姆诡计中的漏洞成功逃脱汤姆的迫害，并给予报复，让灰溜溜的汤姆四处躲藏。”这个女生看起来很善解人意，高兴地讲完故事情节，又叹息了一声说：“非常好看哦，只可惜你们看不上。”

是啊，好可惜，谁让自己生在山背罗湾呢！罗胖胖他们望了望蓝蓝的天，又呆呆地看着眼前的小“老师”们，心中空荡荡的，像被人挖了一个大洞，不知道该拿什么东西去填补。

白净少年的脸上呈现出了与之前不一样的神情，他貌似老成地摇了摇头，低声嘀咕道：“这么无知，以后可怎么办呢?”他想多给他们传授一些知识，但他自己也算不上学校里的优秀生，平日里只喜欢看电视，动画片、武打片他都爱看。金庸的《射雕英雄传》《神雕侠侣》《天龙八部》《雪山飞狐》《笑傲江湖》等作品他不但读了小说，电视剧也是一集不落地看完了，他喜欢的郭靖和黄蓉、杨过和小龙女、段誉和虚竹、胡一刀和苗人凤、令狐冲等人物的故事，那些情节都在他脑海里扎根了，这些山里的娃儿们肯定没有看过，何不给他们讲一讲?于是，白衣少年绘声绘色地讲起了金庸的武侠小说，讲到精彩处还加上动作和表情。罗胖胖他们眼睛一眨不眨地在那里听着，之前只听老师讲过霍元甲的故事，白净少年所讲的这些他们从来没有听过，虽然他们听得似懂非懂、含糊不清，但这故事却有着无法抗拒的吸引力。他们拼命地想象着白净少年讲的那些打斗场面和动作，脑海里呈现出一个个武功盖世的武林高手。但他们没有看过电视，没有接触过这些东西，终究想不出个所以然来。

谁说少年不识愁滋味？此刻，山背罗湾这些娃儿们的心就被浓浓的忧愁和苦闷占据了。

豆土根的丧事办得很热闹。任务在身的人在各自的岗位上手脚麻利地做着事情，陪客的人生怕怠慢了山下来的客人，可劲儿地在那里说着客气话，这一切却丝毫没有影响到聚集在一起的娃儿们。白净少年讲得很带劲儿，罗胖胖他们听得也入神，连豆青叶大伯什么时候走过来的，他们都没注意到。只见他揪住白净少年的一只耳朵，呵斥道："你还嫌自己让武打片祸害得不够，又在这里祸害别人？"然后，又对罗胖胖他们说："你们千万别听他在这里瞎吹乱说，你们是学生，任务就是好好学习。山背罗湾的风景优美，但确实偏远落后了一些。你们如果想以后离开这里，去山下过好日子，现在就得好好读书，小学毕业后争取能到山下的初中、高中继续上学，将来考上大学，命运就彻底改变了。"

豆青叶大伯的嗓门大，引来很多凑热闹的山背罗湾人，他们听到他说的那番话，都露出不屑一顾的表情，其中一个人说："还上大学呢，我们这里离山下那么远，娃儿们能到镇上把初中读完就不错了，高中想都不用想，一年要好多钱，供不起。"

罗胖胖几个娃儿们这半天心中原本就郁结了疙瘩，听大人这般说，便都大声嚷嚷道："你们大人只知道钱、钱、钱的，就不愿意让我们去城里上学，待在这个连电都不通的臭地方，我们什么都不懂，只让人看笑话！"

也不知是谁的父亲在人群里冷声说道："之前明娃子他爸倒是勒紧裤腰带让他去城里读高中了，结果怎么样？钱没少花，书没读下，还把自己弄成了残废，连重活都干不了。你们是想变成他的样子吗？"

罗胖胖他们一下子都闭了嘴，豆青叶大伯不明所以地问这是怎么一回事儿。身边的人你一句我一句地告诉了他关于明娃子上学的事情。

明娃子是罗湾杨水水家的儿子，在石地小说上学时成绩很好，每次考试都考第一名。山背罗湾的娃娃放学回家都要帮大人干家务，去山上放牛放羊、给猪割草。这样的生活大家都习惯了，也乐得去干，自由、松散，还能和山上的小伙伴一起玩。至于课本，放学后就交给书包了，等第二天去学校才会再拿出来。在山背罗湾娃儿们的眼里，上学的任务就是识几个字，能写自己的名字、会算账，他们从一出生就知道自己终究要待在山背罗湾与土地相伴一生，学太多知识没地方用。不过，明娃子可不这样想，他上山会拿上课本，把牛羊赶到坡上吃草，自己则躲开人群，找一个安静的地方看书、背课文。晚上，因为温习功课浪费了灯油，他没少挨家里人的骂。明娃子小学毕业，去了山下的初中，住校继续读书。他一心想要把书读好，所以比上小学那会儿更用功。因为家中经济条件不好，他每个月的生活费有限，只能省吃俭用，每隔几周步行近二十公里的山路，回到山背罗湾的家，准备一些能存放的口粮带去学校，这样就可以省下饭钱了。山下有的同学瞧不起他，他从不放在心上，他有自己的目标，那就是考上县城的高中。初三毕业，他以优良的成绩考上了县一中。上高中的费用实在太贵，父亲不打算让他再读下去。明娃子不甘心，据理力争，老师也说像他这么好的成绩，上了高中只要继续努力，今后一定能考上好大学。最后，父亲妥协了，他如愿以偿上了县一中。然而，也不知从什么时候开始，明娃子忘记了自己是从山背罗湾来的贫困生，忘记了自己上高中的初衷，开始与城里的一帮坏学生混在一起，抽烟、喝酒、打群架，学习成绩一落千丈。高二时，为了所谓的哥儿们义气，在一次打群架时被社会青年打折一条腿，并被学校开除。伤了的腿最后落下残疾，他这个人也成为山背罗湾的反面教材。一朝被蛇咬，十年怕井绳。自从明娃子的事情之后，山背罗湾再没有人敢送娃儿去城里上高中了，一般都是到山下读完初中，就回家与土地相守了。

旧事重提，山背罗湾人已不像当初那般激动了。他们认为，这样的结果都是明娃子瞎折腾造成的，人要面对现实、接受现实，才不会吃亏。心里舒坦了，穷日子照旧会过得敞亮。山背罗湾偏远、落后、贫穷，这都是假不过去的事实，但老天爷已做如此安排，自己的微薄之力又如何能撼动。他们当然会为山背罗湾的现状心痛，为下一辈人的前途担忧，时刻盼望生活能发生一点变化，比如把电通上，把下山的公路修通，自己的儿孙能去山下生活。然而，这些年，山背罗湾旧貌不变，死水一潭，看不到一丝希望。大家原以为明娃子会成为村里的第一个大学生，成为娃儿们的榜样，结局却是意料不到的糟心。看不到希望，不如安然度日，就在这高高的山上，大家一起相依为命吧。

豆青叶大伯听完明娃子的事情，无比惋惜地说："这娃儿真不争气，完全是咎由自取。不过，也不能因为他一个人的事情而对城里的学校产生恐惧，不让娃儿们继续上学吧。"

马上要开席了，总管大声喊话，让大家各就各位。围在一起的人该入席的入席，该走开的走开了。罗胖胖他们不言不语地自觉离开，第一轮的席，还轮不到他们坐。豆青叶大伯也回到了他那一桌，并没有听到几个山背罗湾人边走边说的话："真是一家不知一家事，站着说话腰不疼。谁管他明娃子的事情了，我们也想好好供娃娃们上学，将来能彻底离开这个鬼地方，但一年那么多的花销，我们去抢啊?"

七　高山之殇

山背罗湾的年轻女子，最大的心愿就是能嫁到山下去，不能像豆青叶一样找个家境好的人家也不要紧，只要能走下化马山，生活在公路边上就好。山背罗湾那么高的山，那么远的路，那么黑的夜，那么恓惶的日子，她们真正怕了，但凡有一丁点儿下山的机会，她们都想牢牢地抓在手里。

山背罗湾的年轻男子，最大的愿望就是到了成家的年龄能顺利娶到媳妇，哪怕相貌差一点、人笨一点，都没关系，只要彩礼能承受，女方愿意嫁到山背罗湾，就欢天喜地了。

有了奋斗目标的年轻男女，生活就有奔头。

只是，在山背罗湾，许多事情都不是那么容易的。

女子还好说，到了婚配年龄，条件再差，一般都会有人上门提亲，一家有女百家求嘛。即使最后没能如愿嫁到山下公路沿线的人家，也会有临近县、区的外乡人上门求亲，最后只要不留在山背罗湾就行。

生在山背罗湾的男子就没有这般幸运了。“水往低处流，人往高处走。”这个“高”是指好地方、好日子。让当地女子都想要逃离的山背罗湾，山下女子谁又会愿意嫁上去，人家又不傻，除非她有缺陷。关于这一点，山背罗湾人早就有自知之明，他们会早早地托媒人从白龙江对面舟曲的几个偏远山村给自家长大的小子说媳妇，因为那里的条件比山背罗湾还要差。再或者就是从临近县区条件不好的山村里找。这样找来的媳妇，彩礼一般都要得很高，人家知道自家女子嫁出去，过得还是艰难日子，以后是靠不住的，不如一次把钱要够，还能给家里贴补贴补。不过，山背罗湾人也很穷，又有多少人家能承受昂贵的彩礼啊。于是，山背罗湾村的光棍越来越多，老的、少

宕昌风光

宕昌县城全景

山背罗湾旧貌

的都有。父母健在，这些找不到媳妇的大龄男子还可以吃上一口热乎饭，穿上一件暖和棉衣。父母离世后，如果他们还是光棍一条，那过日子的惨状，看着都让人觉得可怜。

山背罗湾的年轻男子除了把媳妇娶进门，还有一条路可供选择：入赘女方家，做上门女婿。如此，既不用为彩礼发愁，还有了离开山背罗湾的机会。但是，男娶女嫁是中国人传统的婚姻观念，在闭塞落后的山背罗湾，人们骨子里的传统观念更是根深蒂固。尽管也有那么几个男子“嫁”到山下，成为别人家的一员，有的后来日子过得也还不错，但多数人不会那么做，他们宁愿守在山上过苦日子，每天不辞劳苦地去攒彩礼钱，怀揣总有一天会娶上媳妇的梦想，也不会选择入赘别门，遭人背地里嘲笑。

山背村老石家的大儿子石有地长得高大壮实，一看就是干活儿的好手。他 25 岁那年，老石托媒人给石有地介绍了舟曲山上的一家女子，双方初次见面后都很满意，女方愿意嫁到山背罗湾，只是她们家老人提出要 5 万元的彩礼，一分不能少。老石一家人欲哭无泪，全家上下六口人，就靠那几亩贫瘠的卧牛田度日，平时从牙缝里攒下的也没几个，要说是万八千的，厚着脸皮从别处借着凑一下还有可能，但是一下子要拿出 5 万元，就是把他们全家人都卖了，也凑不齐这个天文数字。这桩婚事最后没成，气得老石成天唉声叹气的，石有地更是郁闷得想撞墙。一晃五年，时间已走到 1997 年，石有地 30 岁了，还是光棍一条。白天他忙着干活，时间过得倒还快。夜晚，他和村里的一群光棍喝酒、打牌、侃大山，看着比谁都快活，其实心中的酸楚和不甘只有自己知道。

1997 年注定是不平凡的一年：2 月 19 日，国家领导人邓小平逝世；7 月 1 日，中国正式对香港恢复行使主权。有悲有喜，国人哀过、庆过，但山背罗湾离山下太远了，就是一张能传递给他们许多信息量的报纸也要晚几天才能抵达。所以，山背罗湾人没有条件去了解、关心国家大事，心里能惦记的就只有发生在身边的一些事情。1997 年 7 月 1 日这一天，山背罗湾人没有看到香港回归的交接仪式，却分享着村里即将到来的一件喜事：30 岁的光棍石有地说的媳妇要来踩门了。这一次女方是迭部县大山里的一个藏族姑娘，是老石托媒人费了九牛二虎之力才打听到的。这门亲事提起后，石有地跟着媒人去了一趟女方家，女方长相一般，五官还算周正。当他看到女方家住的地方和她家的境况时，心中一直以来对山背罗湾的怨念一下子少了许多。与那个地方相比，山背罗湾还算好，最起码村里上百户人家集中在一起，各家都有房子住，像个村庄。难怪媒人当初提起这门亲事，就说那家人不挑地方，只要给 3.6 万元的彩礼就成。老石当场就答应了，这五年，他们全家的主要任务就是给石有地攒彩礼，也差不多了。于是，综合两个地方的风俗习惯，女方先到石有地家踩门认认路，如果没啥不满意的地方，这桩亲事就算定下，接下来就该办喜事了。踩门定下的农历时间恰巧就是公历的 7 月 1 日——中国共产党的生日。这一天，老石家早早做好了准备，还提前邀请村支书杨争海和几位年长的人来作陪。女方家人自己坐车到山下，石有地天没亮就下山去接了。眼看村里的光棍汉即将减少一个，乡亲们都很高兴，纷纷向老石家道贺，与他们家人一起等待女方的到来。只是，太阳西斜时，大伙儿却只等来了垂头丧气的石有地。原来，迭部那女子和家人长途跋涉来到化马山下，跟着石有地又沿羊肠小道往山上走，越走越没力气，越走越灰心，才走了少一半山路，她就不愿意再挪动脚步了，说她们老家山大沟深，但有清清的河水、茂密的森林，化马山除了高大，什么都没有，荒凉得让她喘不上气来，她宁愿老死在深山老林里，也不想嫁到这个什么都没有的鬼地方。

一场令人满心欢喜的好事，最终在半路上灰飞烟灭，山背罗湾的乡亲们都像被鱼刺卡住了喉咙，呼吸不顺畅了好几天。石有地和他家人就更不用说，那是一种自己明明没有错，却被当众打了两个耳光，还不能反抗的屈辱。这样的屈辱，山背罗湾人受过无数次了，每一次都倍受打击，但每一次都会过去。好像是时间治愈了他们，也好像是山背罗湾与世隔绝的生活麻木了他们。不管是治愈，还是麻木，都是好的。留得青山在，不怕没柴烧，只要有一口气在，日子终归还是要过下去的。

老石家依旧在拼命地给石有地攒彩礼，托媒人到处给他说媳妇。村里其他有儿子的人家也都一直努力地在攒钱，四处拜托亲戚朋友，想要尽早给儿子说成一门亲事，好摆脱成为光棍的命运。大家如此努力，山背罗湾光棍汉的队伍还是一年年壮大起来了，老的成了老光棍，最后发展为村里的“五保户”，享受上了政府的“五保”政策；中青年那一茬，娶媳妇的希望尚存心间，一天天的还在苦干。有时候，他们心中实在难过了，就会吼上几句山歌：

月亮出来镰刀湾，我是没婆娘的光棍汉，衣裳烂了胶布粘，一天没人做一顿饭，黑了没有填炕眼，把我冻的好比你们淘磨物的筐箩圆。

吼完了，长舒上一口气，该干啥还得麻利干去。眼睁着，心跳着，就得管个肚儿圆，没啥吃的日子才叫难受哩！

八　明日之愿

哦，山背、罗湾！化马山上的大风里带着刀，那刀寒光闪闪，经常以刺伤山里人为乐趣。一次，两次，三次，它会疼，会流血。无数次之后，它的身体已麻木，挺在原地任凭那寒刀肆意妄为，它不喊不叫，也看不到血的痕迹。它身上有营养的东西早就被破坏了，留下的只有艰辛和苦难，一天天，一年年，永无宁日地折磨着守护它的人。

这些人，是山背罗湾人。他们所承受的苦难，是山背罗湾式的苦难。他们一直都在努力奔跑，想要摆脱一切束缚，去做一个体面的人。只是，那是化马山上的山背罗湾，在这座大山面前，他们渺小如蝼蚁，任凭他们再努力、再挣扎，也不过是在原地打了个转身。

山背罗湾，何其艰，何其难。

“一只赤裸无助的羔羊，祈求着上苍的悲悯!”

山背罗湾人一遍遍在心中呼唤：明天，太阳会把脚下的土地照亮。

第三章　再回首，月上山头

一　稚嫩的力量

“当山峰没有棱角的时候，当河水不再流，当时间停住日月不分，当天地万物化为虚有，我还是不能和你分手，不能和你分手。”1998 年，电视连续剧《还珠格格》在大陆风靡一时。山背罗湾的娃儿们没有电视看，却成天都哼哼唧唧地唱着这首歌。他们说是从学校老师那里听来的，还有“你是风儿我是沙”，都是电视连续剧《还珠格格》中的歌曲。老师还给他们讲了紫薇和小燕子的故事，告诉他们《还珠格格》是一部特别好看的古装剧。老师的话给山背罗湾娃儿们带来了无限的想象，也让他们幼小的心灵好长时间都像被猫挠一般痒痒，却丝毫没有办法，再好看都是别人的好看，他们除了听来的这几句歌词，只能暗自伤神，绞尽脑汁地瞎想。

山背罗湾的娃儿们不知道，好看的电视剧多着呢，又何止《还珠格格》。他们更不晓得，在即将进入 21 世纪的今天，外面的世界到底有多精彩，电视剧又算得了什么，占据人们生活主导地位的已是互联网了。

还是不要说得太多了，山背罗湾娃儿们知道得越多，烦恼就越多。那一张张天真活泼的脸上呈现出的失望和不甘，会让人心痛，却又无可奈何。

“你是风儿我是沙，缠缠绵绵到天涯……”稚嫩清脆的声音反复回荡在去石地小学的路上。在地里干农活的大人们看到那一个个天真活泼的小身影，相互一望，不由得都笑了，困乏的身体好像又有了动力，变得灵活起来。

不知是飘落在高山上的歌声把沉睡的大地唤醒了，还是山背罗湾人一直以来对苦难生活的坚持和执着把上天给感动了，终于，一件天大的好事情要落在这个贫穷落后的小山村了。

二　把光明抬上山

进入冬季，天气一天比一天寒冷，化马山上一片荒凉，再加上隔三岔五的大雪，地里的土上冻，干不了农活，山背罗湾人基本都闲在家中，除了偶尔做一些看得见的零活，就是无所事事地围在火盆边烤火、煮茶、烧土豆打发时间。遇上有太阳的日子，大家便三个一堆、五个一群地靠在墙根下晒太阳拉家常，有爱好的人还组成牌局，一把黄豆就是赌资，输赢不计，图的是打发无所事事的时间。这样的日子一般要持续到年后，等天气变暖，农活上手，大家又会即刻收起冬天的散漫，鼓足干劲儿再忙活起来。每年都是这样的轮回，所以山背罗湾人常说："冬天是大家伙养膘的季节。"

1998 年的冬天，这一常规却被打破了。走进村子里，再看不到以往的懒散，男女老少个个精神振作，面带笑容，都很忙碌的样子。能不高兴，能不忙碌吗，山背罗湾这个冬天摊上大事情了！为了这件事儿，所有的男人们都参与其中，忙着出力干活儿，出不上力的老人和女人、娃娃们，也在忙着看热闹助兴呢。

山背罗湾终于要拉电了！

这是多么振奋人心的消息啊！

把这个消息带进山背罗湾的人是村支书杨争海。消息传开后，大家伙喜极而泣，接着开怀大笑，争相演说，村子里一片沸腾，好像亮闪闪的电灯已经照在各家屋里似的。等大家高兴够了，安静下来，杨争海又说："拉电用的电线杆要村里自己想办法运到山上来，否则，人家电力局就不管了。"

"那就抬呗，只要赶紧把电通上。"村里的男人们异口同声地回答着杨争海。

杨争海满会场打量了一遍，继续说："往我们这里运电线杆，唯一的办法就是靠人抬上来，可那是 12 米长、1000 多公斤重的水泥电线杆，而且还得好几个，大家想想就知道那有多难了。但是，如果这一次我们因为电线杆的问题，耽误了拉电，以后再等机会就难了。所以，这是一次硬任务，要求全村有力气的男人都要参加，大家齐心协力把杆抬上来，让我们村顺利拉上电，让各家各户以后都用上电灯!”

杨争海下了死命令，山背罗湾的男人们不用开口，从一双双决绝的眼神里就能看出他们不会退缩。

在黑暗中待得太久的人，有多么向往光明，旁人无法体会，只有他们自己知道，就像溺水的人想要爬到岸边，饥饿的人渴望食物一样迫切。现在，眼看着光明离自己越来越近，除了把机会紧紧地抓在手里，哪里还会再有其他的想法。就连大大小小的娃儿们都激动得摩拳擦掌，想要出一份力呢。

多么好，要拉电了!

冬天的化马山北风凛冽，白霜遍地，寒气逼人，平日里寂静得只能听见呼啸的风声，好半天连个人影都看不见，真应了柳宗元那句“千山鸟飞绝，万径人踪灭”的诗中之景。当山背罗湾拉电的号角一吹响，化马山就变得热闹起来了。那些能出力的男人们都投入到了抬电线杆的队伍中，出不了力的老人和女人、娃娃们，站在院子里，目送着男人拿着木棒、绳子雄赳赳气昂昂地下山了。走远了，他们便在心里想象着男人们抬着电线杆，一步一个脚印，汗流浃背地往山上挪的情景。加油，加油！知道走远的男人们已听不到，但他们还是一遍又一遍地朝山下喊。他们相信，山背罗湾的男人们个个是英雄好汉，一定会把光明抬上山。

“唉——嗨——上！唉——嗨——上!”

“一二三——上！一二三——上!”

山背罗湾的汉子们抬着水泥电线杆这个庞然大物，有节奏地喊着口号，一步一步往前移动着。在只能走下一个人的羊肠小道上，抬着 12 米长、1000 多公斤重的水泥电线杆每移动一步，都要他们用尽浑身的力气。他们一个个满头大汗，气喘吁吁，却又目光坚定，步履稳健。因为长时间在寒冷的野外出力、呐喊，他们的声音嘶哑干涩，却又充满力量，响彻整座化马山。他们心中只有一个信念：让山背罗湾通上电！人多力量大，从山下到山上，哪怕用十天半个月的时间，哪怕是手脚并用地往上爬，他们也要把这些笨重的东西弄上山去。

电线杆最终被顺利地抬上山，剩下的事情就交给电力技术工人去操作了，山背罗湾人只需耐心等待通电的那一天。

年关将至，山背罗湾的拉电工作如期完成。

通电的那天，天上飘着雪花，各家各户都放响了鞭炮，正月里耍社火用的锣鼓家什也敲响了。鞭炮声、锣鼓声经久不息，害怕吵闹的老人们此时倒是不怕这些震破天的声音了，嘴角噙着笑，激动地看着欢腾的村庄。他们记不清山背罗湾有多少年没有这样热闹过了，这么多年好像就没发生过什么值得如此大张旗鼓庆祝的事情，偶尔过年耍耍社火，那是大家以节日为由，自己穷乐呵，耍完了，村庄归于寂静，每个人还得回归到原来苦难的生活中。这一次不一样，在黑暗中走过漫长岁月的山背罗湾终于通电了，光明开启的一瞬间，好像世间所有美好的事情都离得不远了。

罗胖胖那些娃儿们蹦跶得最欢，他们高声唱着“你是风儿我是沙，缠缠绵绵到天涯”，在雪地里打滚撒欢，大人们不再责怪他们把衣服弄脏。山上人没文化，说话做事向来直来直去，在自家娃儿面前更不习惯表达。其实，面对山背罗湾的现状，他们心中怎么可能对娃儿们没有歉疚。因为娃儿们没有条件好好上学，将来可能又要步自己的后尘，他们常常唉声叹气，彻夜难眠。这下好了，通电了，山背罗湾的夜晚亮了，这会把许多不可能变为可能，包括娃儿们那些怀揣已久的愿望，以及未来美好的前程。

各家的女人们拿着香火、供品走进土地庙，她们感谢政府给山背罗湾带来光明，同时也想请土地爷继续保佑这个悬在高半山上的村庄，在以后的日子里能人人安康，家家平顺，年年有余，岁岁丰登。

夜晚，山背罗湾各家的电灯亮了，屋外的世界也被从屋内挤出来的余光照亮了，能看到漫天的雪花还在飞舞，幽静的化马山白茫茫一片，干净得不见一丝尘埃。大家都被这样的雪夜惊艳到了。冬雪是化马山的常客，可山背罗湾人从来不知道下雪的夜晚会这么美。点油灯那会儿，遇上雨雪天，大家都会早早地关上门，熄灭灯，上炕取暖、睡觉，从来没有人去关注外面的冰天雪地。

即将要过第一个被电灯照亮的大年，村委会决定正月里组织耍社火。山背罗湾已经好几年没有耍社火了，那些放在仓库里的家当都快要被灰尘埋掉了。一听要组织社火，大家积极交上了份子钱，早早地就把搁置已久的长龙、雄狮、小船、金马翻出来，重新做了装扮；把拉花、唱角的服饰也进行了清洁。能唱社火曲的那几位老人更是热情高涨，提前开始回忆唱词，保养嗓子，以便正月里能以最好的状态一展歌喉。

山背罗湾沉寂得太久了，大家一年到头过着没有任何娱乐活动的生活。今年通电了，大家感觉山背罗湾离山下突然近了，整个村庄一下子充满活力，连各家破旧的“两层楼”看起来好像也比之前顺眼了。他们太想在这样的正月里舞动长龙雄狮，划起小船，跑起马儿，大声唱起社火曲，让山下的人听到山上的响动，以便不被人遗忘。只有这样，他们才觉得没有辜负这个不同于往常的年，心中爆满的幸福感才算有了着落。

三　变化进行时

通上电的山背罗湾，生活方便的不止一星半点儿，和以前相比，仿佛是两个世界。

夜晚来临的时候，各家屋里都亮堂堂的，大家再不用急里忙慌的赶着干活儿，夜间给牲口添草也不用摸黑了。到村头村尾串门，沿路还能借个光，再不像过去那样黑漆漆的，走在路上鬼拉人。学生娃儿们坐在电灯照亮的房子里温习功课，高兴得常常会忍不住笑出声。大人们教育起自家娃儿来，又有了新的说词：“这么好的条件，还不好好学习，你们对得起头顶的电灯吗？我们那时候要有这条件，也不会成为睁眼瞎子。”

“睁眼瞎子”是山背罗湾人常说的一句话，意思有很多。常年在油灯下干活，眼睛睁不大，遇风就流泪，看东西得眯成一条缝儿，到后来直接就看不见了，这是身体上的“瞎”。而大人教育娃儿们的那番话，显然是拿自己当反面教材了。他们过去没条件上学，全村人几乎都是文盲，只要会写自己的名字，就称得上村里的识字先生了。如今，他们这些人出门打工，连东南西北都分不清，除了出苦力，再干不了别的，他们多么希望自己的下一代不要重蹈覆辙，能摆脱“睁眼瞎子”的命运，成为肚子里装满墨水的文化人。

是啊，有电真好，有灯光真好！不过，“知足者常乐”只适用于成年人，罗胖胖这些娃儿们正是充满幻想的年纪，他们享受了一段时间电灯带来的好处，又开始“得陇望蜀”了：啥时候能看上电视呢？

人人都是奔着好日子去的，既然通电了，想要有电视看也是再正常不过的想法，不只是娃儿们想，山背罗湾的大人们也在想。于是，1999 年的春天，在庄稼地里忙农活的人们，挂在嘴边的话题基本都是关于电视机的，张家说李家有钱买，豆家让尹家赶紧行动。逗趣归逗趣，大家心里明镜似的，电灯带给大家的是方便，但一时半会儿并不能改变各家的穷面貌，而且每个月还要比原来多出一份电费的开支。卧牛田里的收成还是那么一点，种的庄稼能让全家人不饿肚子，药材收入能满足正常花销就是万幸了，哪里能存下闲钱去买电视机。有的人家还得给成年的儿子攒彩礼娶媳妇呢，那是一个家庭的大事，电视机又不能当饭吃，当媳妇用。自家没有希望买电视机，再盘算一下村里其他人家的情况，大家不约而同地想到了一个人——李张权。

李张权家的经济条件在山背罗湾是冒尖的，两个上学的娃儿还小，再没其他负担，完全有条件抱个大彩电回来。同在高半山上生活，要说人家李张权为啥把日子过得这般好，不只是因为他勤劳能干。在山背罗湾，除了数得上的几个懒汉，其他人都很勤劳都很能干。李张权头脑灵活是一方面，还胆子大，不安于现状，用一句时髦的话来说就是“敢于创新”。前几年，山背罗湾人都死守着几亩卧牛田，很少有人走下山去另谋出路，李张权是第一个。他去了县城的建筑工地，起初是搬砖，后来成为一名水泥工，从小工到大工，收入不断地增加，家底一年比一年厚实，买几台电视机都不成问题，现在就看他愿意不愿意了。不过，山背罗湾人也听说，收不到县电视台接收信号的地方，电视机只能是聋子的耳朵——摆设。山背罗湾对面的一座高山上，倒是立着一个电视转播塔，懂行的人说山背罗湾这块地方在它的覆盖范围内。

“群众的眼睛是雪亮的”，这句话用在这里虽然有点儿矫情，但却说明山背罗湾人看待事物的一致性。金秋的一个黄昏，李张权果然不负众望，从山下背回来一台 14 英寸的长虹牌彩色电视机，大概 2000 元左右。这是山背罗湾的第一台电视机，大家像欣赏宝物似的挤在他家中，摸都不敢摸，生怕给人家弄坏了。李张权接好电源，打开电视机，再抽开天线三转两转的，电视屏幕上的雪花变成几个穿古代衣服的人，正唱着“当山峰没有棱角的时候，当河水不在流，当时间停住日月不分，当天地万物化为虚有，我还是不能和你分手，不能和你分手”。一群眼巴巴盯着屏幕的娃儿们齐刷刷地喊道：“还珠格格!”

娃儿们说得没有错，李张权家新买的电视机里播放的，正是老师给他们讲过的《还珠格格》。山背罗湾地势高，电视信号强，能接收到好几个频道。有的频道在播放动画片，有的在播放武打片，有的在播放新闻频道。无论啥节目都让山背罗湾人眼前一亮，就连重复几遍的广告都充满了吸引力。他们的第一感觉就是电视里的人和现实生活中的不一样，女的都那么漂亮，男的都那么帅气，住的是花园洋房，吃的是西餐、海鲜，说起话来全是洋气的普通话，歌声更令人陶醉。娃儿们边看边兴奋地说个不停，指着出现在画面里的飞机、火车，北京城里的天安门、故宫，向大人们问个不停。可惜他们提出的问题，除了当兵复员回家的李让安能回答上一部分外，再没有人能答得上来。他们问急了，大人们一声呵斥：“闲话咋那么多，不想看了出去。”娃儿们只好赶紧闭嘴，悄悄地盯着电视，在心中想啊想啊，想不出个所以然来。

好长一段时间里，李张权家的电视机成为山背罗湾的“公演电影”。慢慢的，大人们实在不好意思每天晚上都去蹭电视，便尽量忍着不去，娃儿们却不管那么多，只要有机会，就溜进李张权家过过瘾。但经常用别人家的东西，怎么说都没有道理。后来，很多人家也动起了买电视机的心思。

1999年10月1日，走过半个世纪光辉历程的中华人民共和国，迎来了庆祝她成立50周年的庆典。这一天，山背罗湾的男男女女全部挤在李张权家的电视机前，观看江泽民等党和国家领导人站在天安门城楼上，检阅人民军队。一个个震撼人心的场面让山背罗湾人热泪盈眶，这是他们第一次近距离地看到国家领导人，看到新中国强大威武的实力，真正见识到了祖国的繁荣昌盛。

观看完国庆庆典后，山背罗湾又有几户人家陆续买回了电视机。有了电视看，乡亲们劳动之余的生活不再只是吃饭、睡觉，对外面的事情知道的越来越多，心中惦记的事情也就与日俱增。原来安分平静的高山生活渐渐被打破了，开始有人学习李张权，农闲时去县城干体力活儿挣钱，还有两三个年轻人更标新立异，不顾家中老人的劝阻，结伴上兰州、哈密、乌鲁木齐等完全陌生的城市打工去了。听说他们不是在工地上搬砖，就是摘棉花。无论干什么，总之都挣上钱了，因为最初反对他们外出的家中老人，后来再在村里说起他们时，都乐呵呵的。他们还捎话回来，说兰州这些城市在大批大批地盖高楼，需要大量的工人，只要有人过来，就有地方干活，一年能挣到比种庄稼多出好几倍的收入。

四　路在脚下

一潭死水终有一天会酸臭干枯，坐井观天的青蛙永远看不到天空到底有多广阔。山背罗湾差一点儿就变成那一潭死水，变成一只跳不出深井的青蛙了。新世纪之交，他们慢慢从自己的卧牛田里抬起头，把目光投向了外面的世界，开始寻找能让自己、让家人生活得更好的途径。

外出打工就是山背罗湾人找到的一条能改变生活现状的路子。

起初，打工的路并不被大多数人接受。离开家，去一个不熟悉的地方，终究会令人不安。金窝银窝不如自己的狗窝。但村里那几个标新立异的青年男子在外打工的收入实在是充满了诱惑，接二连三的，就又有人结伴去了兰州、哈密、乌鲁木齐等地，传递回来的消息是这些出去打工的人，在外面干得都很不错。让山背罗湾人没有想到的是，当了好多年村支书的杨争海突然辞职，也去外地亲戚家的工厂里打工挣钱去了。他说，现在山背罗湾通上了电，他多年的愿望已实现了，再干下去他是心有余而力不足，不如不吃凉粉让板凳，谁有本事谁去干。山背罗湾有本事的人不止杨争海一个，他走了，许多人想补上去呢。只不过，不知怎么一回事儿，自杨争海之后，山背罗湾的村支书就接二连三地换人，没人能干得长久，直至后来，在关键时刻，杨争海再次当上村支书。当然，这是后话。眼前，村支书空缺，对山背罗湾人的生活并没有造成多大的影响，他们还是该干啥干啥。

杨争海出去打工以后，山背罗湾又有一部分青年男子走向了外面。这些人中，光棍汉占多数，他们没有家庭拖累，一身的力气，一心想着要出去挣点钱，再想办法让自己从山背罗湾光棍汉的队伍里出列。石有地就是其中的一个，他去了新疆，是被老石骂走的。

石有地的婚事两次都半路夭折，后面再没有人上门说亲了，他自己便有点儿自暴自弃，连农活都懒得下大力气去干了，气得老石直骂娘。老天爷偏偏又爱和他作对，家中有老大一个光棍还不够，小三岁的老二一直也找不下媳妇。两个壮实的光棍汉成天在眼皮子底下晃悠，让老石欲哭无泪，经常晚上睡不着觉。此外，现在全家人住的“两层楼”也是他的心病。因为年久失修，房子的整体已经倾斜，只能用两根木头在一侧支撑，外面的土墙脱落得就像人身上生了疮，惨不忍睹。幸亏山背罗湾的雨水少，“两层楼”才一直没有撂挑子，让老石一家人不至于无家可归。但是雨水少，并不代表不下雨，遇上稍微大点儿的雨，那房的屋顶就承受不住，家里面便下起了小雨。长年面对这些难肠事，渐渐上了年纪的老石，脾气变得暴躁，动不动就在家中骂人，最后把石有地骂出了家门，逼着他走上了打工的路。

在山背罗湾，因为光棍儿子和住房愁得夜不能寐的老人不止老石一个。满村的“两层楼”没有几座是完好无损的，几乎都是摇摇欲坠、破败不堪的样子。大家常常为缺水发愁，但同时也挺感激老天爷不常下雨，让那些看起来很危险的房子还可以撑在那里，供各家各户居住。不是所有山背罗湾人都盖不起新房，主要是如果另盖房，地基就是大问题，村里没有那么多平坦的地方用来建房，即使有，盖房用的土可以就地挖取，所需的木头却没办法解决，山上没有，山下的运不上来。所以，在山背罗湾，即使谁家有盖房的想法和条件，只要想起这一系列的困难，一般就不会再有下文了。

不过，上了年纪的老人一直说，现在的山背罗湾人生活过得够舒坦了，房子虽然有点旧，但比过去宽敞亮堂，里面不再是家徒四壁，摆上了那么好的家具，还有电灯照亮、电视机消磨时间，多好啊。家在人安康，这是他们常劝年轻人的一句话。可是，年轻人又有几个能把他们的话听进去呢？

一代人有一代人的活法，在偏远的山背罗湾也一样。老人们眼里的舒坦，稍微有一点血性的年轻人是万万不能接受的。电视机里传递的信息，像一把钥匙，开启了他们封闭的大脑。尽管距离山外的世界很远，下山的路依然是羊肠小道，他们又没知识没文化，但无法抑制的是那颗蠢蠢欲动的心。他们羡慕山下人的生活，向往大城市的繁华。他们不甘心像父辈一样，一辈子都在山背罗湾度日。他们从电视上看到了，这是一个经济大发展的时代，城市需要大量的工人搞建设，力气就是他们走向外面世界的桥梁和资本。

五　高山之喜

山背罗湾的男人娶媳妇，就像在阴雨绵绵的天气里等待星星、月亮爬上天空一样，要有足够的耐心。这不，快两年时间了，只看见村里有送女儿出嫁的，没有听谁家说要娶媳妇进门，光棍汉的队伍只增不减，看着真是愁死人。在墙根下晒太阳的老人们聚在一起，总爱提起这件事，说着说着就叹气，说山背罗湾再这样下去，就不是缺水的问题，而是缺人了。好在他们心中还存有希望，出去打工的那几个小子，比如石有地，据老石说，他在新疆拾棉花时与临夏的一个女子对上了眼，已经像一家人一样生活在一起了，说不定过年就能把媳妇领回家来。

又过了好一阵子，大概就在 2002 年的国庆节期间，村里终于传出一件令大家伙高兴的事情：老李家的大儿子李让安在舟曲东山乡托媒人说的亲事成了，只等办喜事。李让安能顺利相下媳妇，在大家的意料之中。他在青海当兵时学了不少本事，复员回村的这两三年时间一直在城里干活，是一个很有见识和能力的小伙子。他复员的第二年，就把家里的“两层楼”翻修了。所以，他们家的房子是村里的“另类”——新房。他相中的舟曲那女子家要 6.8 万元的彩礼，要是搁在村里其他人家，这亲事就没戏了，但李让安应下了。女方家看他一表人才，又这么豪气，再没嫌弃地方，爽快地同意了这门亲事。

别看山背罗湾人会因为抢水吵架，因为地界发生争执，因为鸡毛蒜皮的小事情红脸，但若是遇上谁家的红白喜事，只要主人家招呼一声，之前的恩恩怨怨都会抛之脑后，哪怕把自家的事情耽搁两天，也要去帮忙。遇上娶媳妇这等难得的喜事，更是一个比一个积极。主人家也不客气，礼尚往来的事情嘛。再说在山背罗湾，娶媳妇这等人生大事光靠自家人真办不了，必须有几个身强力壮的人帮忙，还要准备好毛驴、骡子这些四条腿的运输工具。从山下迎娶新媳妇上山，女方家里要来几十个送亲的娘家人，肯定还有箱子、被褥等陪嫁。接亲的人属相要和新媳妇相合，又要能说会道，办事利索。一路上要有人把新媳妇照顾好，有人把陪嫁的东西运上山，还要有人负责把新媳妇的娘家人哄开心，让他们高高兴兴地把新媳妇送进男方家门，坐完席，再把他们安全送下山，主人家心里的一块石头才能落地，全村人也才能松一口气。

李让安结婚的日子定在 2002 年的农历十一月。那一天，太阳高悬，山背罗湾一片清明，但空气凝霜，天地结寒，到底是化马山上的深冬啊。不过，再寒冷的天气也抵挡不住山背罗湾人办喜事的热情。李让安家张灯结彩，整个村子喜气洋洋的。接亲的队伍下山之前准备得很充分，很顺利地就把新媳妇接上了山，迎进了李让安的新房。女方那边的亲戚虽然一个个风尘满面，走得很辛苦，好在对亲事没有什么不满意的，其中一个文质彬彬的小伙子说："我算看清楚了，你们这里比我们那里还山高皇帝远，过起日子来优哉游哉的。"

豆新华老人捋着花白的胡子，乐呵呵地笑道："是挺消闲的，你们年轻人现在出门不是汽车，就是火车，到我们这里过一过驴驮马扛，两条腿爬山的生活，也是一种享受呢。"

酒席上的人都大声笑了，女方家的人最后尽兴而去。山背罗湾人目送着他们下山，心里都在想，有生之年，在这高高的化马山上，不知道能不能看到汽车送过来的新媳妇。

六　心有所向

一年匆匆流逝，山背罗湾人进入2002年的年关，外出打工的人陆续回来了一部分，村子里变得热闹起来，各家的气氛明显比往年活跃很多，那是因为打工回来的人挣钱了，过年有底气了。杀猪、宰羊、蒸馍、做豆腐、给娃儿们买新衣服。山背罗湾人像比赛似的，开始准备过大年的东西。

新上任的村支书和班子成员商量，今年想把社火组织起来。这个决定得到了山背罗湾多数人的支持。大家向来看重过年这个大节，平常生活再节俭，过年一般都不敷衍，会用农家人最朴实的东西做出他们心中最美味的食物，除了让全家人享用，还用来招待拜年的亲戚。而正月里的社火，算是山背罗湾人给自己的奖励，一年忙到头，日子就那样了，总得找点乐子放松一下。所以，许多人就算牺牲在家歇息的时间，宁愿拿出份子钱，也想齐心协力把村里的社火要起来。更何况，今年大家手头宽裕了，就更想热闹一番。只是，计划不如变化大，山背罗湾村这年的社火终究没能组织起来。

在没有电视机之前，山背罗湾的娱乐节目实在很单调，心劲儿大的年轻人隔一段时间，就会忙里偷闲去山下赶一场露天电影，或在别的村子唱大戏时去凑个热闹，往返几十里路也不怕辛苦，图的就是找个乐子。村里也曾以土地庙的名义唱过几次木脑壳戏，但因为村集体没有钱，各家各户的经济实力又有限，没有能力解决戏班子的吃住问题，唱戏的事情后来就搁置了。社火算得上是为山背罗湾人解闷的老朋友了，尽管没有条件每年都把村里的社火搬进正月，但隔上两三个年头重温一回，大家心中的那份回忆和寄托就不会消逝。山背罗湾的社火，之所以想组织就能组织起来，除了各家各户的尽力支持，还有一个原因就是有几个能要会唱的把式。比如领上拉花唱曲的，带上姑娘划船的，挥臂舞动长龙雄狮的，甩响鞭子跑马的。这几个把式是山背罗湾社火的顶梁柱，缺了任何一个，社火都会变得不精彩。

2002 年年关，山背罗湾的村委班子鼓足心劲想要社火，在组织过程中才发现，社火队里的几个把式之前出去打工，过年人家压根儿就不回来。如石有地，每一次要社火，他都是龙头。老石说他今年不回家过年，没有了他，那长龙就像没有龙骨，舞动不起来。另外，唱曲的豆木林和豆木木老弟兄俩也参与不了。这兄弟俩年龄相差两岁，都是快奔 50 岁的人。大哥豆木林人老实，一直没成家，是山背罗湾光棍队伍里的一员。老二豆木木还算幸运，父母健在的时候娶了媳妇，育有一儿一女。后来父母相继去世，因为没有多余的住房，豆木木又觉得大哥可怜，就没让他分出去另过。腊月初十那天，纷纷扬扬的大雪从早上开始飘洒，到了傍晚都没有停过。晚上，豆木木和大哥给牛铡草一直到深夜，就在大哥住的那间房里睡下了。半夜两人被身体的疼痛惊醒，才发现自家房子让积雪压垮了，他们两弟兄差点让砸下来的屋顶给活埋，好在有惊无险，他们的伤不算太重，豆木木的胳膊骨折，豆木林的腿被砸伤，主屋那侧的房顶没有被压垮，老二老婆和一双儿女只受了点小惊吓。但如此一来，兄弟俩就无法参加村里的社火队了。舞龙的、唱曲的，还有别的项目都缺了把式，社火自然就流产了。

要是在原来，遇上社火半路流产这等事儿，山背罗湾人的心中肯定会沮丧，可能连年都会过得不那么舒畅，但现在有电视看，大家遗憾一下也就过去了。而且，石有地那几个出门打工的人虽然不能回来过年，却都给家里寄回了钱，这让山背罗湾人茶余饭后有了新话题。

日子是好是坏、是乐是苦，时间都在不紧不慢地往前走。盛夏的时候，离家快三年的石有地回来了，他身边还跟着一个女人，大着肚子，说一口山背罗湾人听不懂的方言。石有地逢人就说那女人是他媳妇，临夏人，这次回来主要是因为她快生娃了，新疆那边实在太热，坐月子她受不了。这次回乡还有一个原因石有地没有说，就是为了办理结婚证，这件事情在他回来的当天，就去乡政府办好了。虽然媳妇肚子里已经怀了他的种，但有前面两次相亲失败的经历，石有地心中实在不踏实。在回来之前，石有地就写信告诉老石他到山下的确切时间，并让弟弟拿着户口本等相关证件在乡政府等他。那天兄弟俩顺利汇合，没费多少事儿就把结婚证给领了。石有地出门一年多，钱挣多少不说，领回来个媳妇，还让石家有了后，这已经是大赚了。最高兴的人当然是老石，他看到这一切，多年来郁结在心头的闷气突然就消失了，出门和人说话的声音都变得比以前洪亮了。儿媳妇自从爬上山，走进家门的那一刻，就沉着一张脸，晚上还和儿子吵了一架，说他欺骗了她。确实，山背罗湾这地方，又有几个外面的女子能瞧得上呢？可是，这一点谁也没有办法改变。老石又开始忧心了，生怕到手的儿媳妇因为嫌弃山背罗湾，回头又跑掉。第二天，当石有地说想另起地基，再盖一座房子时，老石答应了。这些年，为了两个儿子的媳妇，他们全家节衣缩食，手头攒下了几万块钱，加上石有地拿回来的钱，盖一座和现在一样结构的土坯房应该够了。问题是另起地基要通过村社、乡政府一层层审批，很是费时费力。还有木头的运输，更是难上加难。但是，“两层楼”凑合了这么多年，人家女子嫌弃也在情理之中，眼看着孙子就要出生了，再凑合下去也不是个事儿。老石又和两个儿子商量了一番，决定把原来的房子拆旧建新，这样既可以盖得比原来大一点，又不用重新申请地基，拆下来的木头，有些还可以再利用，不够的再去豆青叶丈夫的木器厂里采购，这样运输量会小一些，请人帮忙也能张得开口。

事情规划好，老石家的新房很快就动工了。

秋末冬初，老石全家搬进新房，他给石有地两口子特意准备了一间大睡房，还给购置了几样新家具，马上到预产期的新媳妇脸上终于有了笑容。

老石家的新房现在是山背罗湾最好的房子，比李让安家前两年盖的稍显气派，站在密密麻麻的“两层楼”中间，可谓鹤立鸡群，独领风骚。山背罗湾有些人突然就不服气了，想着本来在一个水平线上的人，怎么一下子就冲到前面去了呢？

房子，又成为山背罗湾人最大的心病，他们向往着有一天，自己家也能住上老石家那样的新房。

除了盖新房，还有一件事情，山背罗湾年纪轻一些的人时常挂在嘴上，那就是啥时候能有一部城里人那样的拿在手里的电话。他们最先看到这种电话是在电视里，做生意的大老板手中拿着个砖头一样的塑料疙瘩，说是叫“大哥大”，站在街头“喂、喂”地和千里之外的人喊话，很神气的样子。从外面回来的年轻人说，“大哥大”很贵，只有做生意的大老板能用得起，工薪阶层的人身上一般都带传呼机，“吱吱吱”一响，机主看到信息，找固定电话及时回给对方就行了。一年半载之后，宕昌城的街头也出现了电视里的画面。然后，传呼机被淘汰，少数人的“大哥大”变成了满大街都在使用的小手机，不仅城里人用，化马山下有好多人也用上了手机，小灵通、洛基亚、三星，那么小那么好看的东西，竟然能与全国各地的人联系，山背罗湾人觉得那玩意儿好神奇，心中好生羡慕，老在想，自己后半辈子能不能也用上这种神奇的东西。

七　祸福相依

山背罗湾出去打工的人一年比一年多，年轻人几乎都走了。那些光棍汉们被石有地的事情刺激到了，从之前消沉懒惰的生活状态中清醒，背着行囊走向了大城市，他们希望自己再踏上回家的路时，也能像石有地一样领个媳妇同行。大部分人去了新疆，主要是给那里的农业大户种庄稼、摘棉花。有一些人去了省城，在建筑工地上干水泥活儿或者别的活儿。还有个别有胆识的人，听说江浙一带的工厂需要大量工人，工资很高，就跑过去了。无论去哪里打工，山背罗湾人知道他们都得靠力气挣辛苦钱。出门在外不比家中自在，吃的苦、受的累可想而知，但对他们而言，只要能挣到钱，再苦再累都能承受。何况在山背罗湾他们并没有少出力，一年到头却没有多少回报，那样的日子才叫苦，身体苦，心里更苦。

树挪死，人挪活。这句话在出去打工的山背罗湾光棍汉身上得到了很好的验证。与其说他们是抱着挣钱和找媳妇的目的出去的，不如把话说得文雅一些：有缘千里来相会。自从石有地开了好头之后，隔上一年半载就又有人领着外地媳妇回到山背罗湾。渐渐的，村里光棍汉少了，他们带回来的新媳妇隔三岔五就有人生娃坐月子，村子里时常能听到小娃儿的哭闹声。人丁增加了，有经济能力的人家自然起了盖新房的心思，又受山背罗湾条件的限制，他们便借鉴老石家的做法，把旧房扩充翻修成新房，倒也解决了一家人的难题。一年年下来，山背罗湾破败的旧貌渐渐得以改变，这让留守在村子里的老人们很高兴，他们说山背罗湾死水一潭的生活终于有了盼头。

山背罗湾第一个使用手机的人是谁，又是在啥时候用上的呢？大家没在意，应该是外出打工的那几个年轻人吧。等大家回过神的时候，好多人都已用上了手机。大家相视一笑，去年还在羡慕山下人呢，现在自己也用上了。社会在不断地向前发展，现在山背罗湾人虽然不能与时代并肩同行，但也不至于被淘汰了。

2004 年 8 月，宕昌县撤掉了原来的化马乡，其管辖的七个行政村归于新成立的两河口镇，其中就有山背罗湾两村。归谁管，怎么管，这是政府操心的事儿，山背罗湾人除了记住他们现在是两河口镇的村民，最关心的是啥时候能有一条大路直接通到自家门口。外出打工几年，钱挣了点儿，他们也想骑摩托车、开农用车，这些交通工具在山下早已普及，可是他们即使有能力购置，也没有路可以开上山去。

条条大路通罗马，但这些年通往山背罗湾的，始终只有那条羊肠小道，它仿佛是刻在山背罗湾人的脚下了，怎么甩都甩不掉。山背罗湾人轻易不敢下山，实在有事了才去一趟。下山赶一趟集，要趁天还没大亮就上路，匆匆忙忙办完事，得赶紧往回返，否则就要走夜路了。每当佝偻着背，一步一个脚印，气喘吁吁地行走在化马山上时，他们就特别羡慕自由飞翔在高空中的鸟儿。

要致富，先修路！

山背罗湾人每晚做的都是关于发家致富的美梦，可是从山下到山上，就是从地上到天上。要修一条贯穿天地的路，那得多难啊。

这年年底，以大病统筹为主的新农村合作医疗制度在山背罗湾推行。因为涉及参保费的问题，这项惠及农村千家万户的新政策，刚在山背罗湾落实那会儿，好多人拒绝参保，尤其是年轻人，觉得自己身体倍儿棒，浪费那几十元钱不划算。然而，人吃五谷杂粮，谁又能保证身体一直无痛无恙呢？当事实一次次站出来说话时，新农村合作医疗制度带给山背罗湾人的不只是福利，还有生活上的安心和温暖。

日历一页页翻过，年轮一圈圈生长，留守在山背罗湾的老人们一直没闲着，依旧卖力地在自家的卧牛田里苦干，外出打工的年轻人也在城市的各个角落奔波拼搏。不管是老人还是年轻人，心中都装着一个想法，那就是要把未来的日子过好。兴许是过苦日子的时间太长了，如今哪怕付出百倍的努力，只要能得到一分回报，他们都会心生希望，觉得生活还是有出头之日的。

5·12 汶川地震发生时，化马山上的山背罗湾也受波及。村里许多人家的房子是土坯“二层楼”，并不是很坚实，突然遇到震荡，这些“二层楼”倒塌的倒塌，倾斜的倾斜，各家都遭受了不同程度的损失。不过，凡事均有两面性。山背罗湾人一度为房子破烂的土木结构痛心，却不曾料到在一场灾难落在头上时，这种没什么重量的房子倒救了他们的性命。就像豆木木家的房顶被雪压垮，兄弟两个只受了轻伤一样，即使当时有几户人家的房子被震垮，里面的人却都未曾受到多大的伤害，这也算不幸中的大幸了。但是，经过这场地震，村貌刚有点起色的山背罗湾，又变成了一副残缺之躯。

家在人安康！这是山背罗湾的老人们最爱说的一句话。如今，在地震中家园受损，村庄变得凌乱不堪，很多人家多年的努力付诸东流，眼看着连遮风挡雨的家都快没有了，大家心中恐慌极了，不知道该怎么办。在这个地方，想要向前走一步，是那样的艰难，向后退起来，却又在瞬息之间，老天爷还真是不给山背罗湾人活路啊！但转念一想，汶川县在这场地震中死伤无数，面目全非，周边还有许多地方受灾都非常严重，和他们比起来，山背罗湾只是损失了一些财产，没有人员伤亡，算是老天眷顾了。

地震发生的第二天，两河口镇几名干部就来到了山背罗湾，还雇人用牲口驮来几顶帐篷和许多生活用品。为防余震，他们和村干部一起把村民转移进帐篷，把东西分发给各家各户以应眼前急需，又连夜入户排查灾情，最后上报镇政府。余震过去后，他们组织大家先展开了生产自救，为重建家园积极地做着准备。过了不长时间，政府拨给重建户的资金就落实到位。还是受交通运输和地方的限制，砖混结构的房子在山背罗湾盖不了，各家只能继续盖成两层土坯房。在山背罗湾人眼里，能有这样的新房子住，已经很好了，要是靠他们自己盖房，还不知道要等到猴年马月。

灾难，使财产受损，使人疼痛，却又能让人心凝聚，让大爱彰显。地动山崩的汶川大地震，是自然界在华夏土地上作的妖，深受其害的蜀中之地承受了它的威力和残酷，但也让全世界人看到了中华儿女的英雄本色和人性光芒。山背罗湾虽然不是地震重灾区，却因祸得福，一座座在风雨中飘摇欲坠的“二层楼”，在政府的补贴下得以翻修重建。旧屋变新房，整个村庄看起来亮亮堂堂的，灾难带来的不好情绪被一扫而空，大家又说说笑笑地回到正常的生活轨迹。

山背罗湾人从地震的伤痛中走出来后不久，又有一件事情让他们津津乐道了好长一段时间：国家开始给 60 岁以上的老人发放养老金。养老金按月发放，年龄越大领取的越多。年轻人从现在开始参加养老保险，累计满 15 年，到了 60 岁就可以领取养老金。这是国家政策在农村养老制度方面的发展和进步，是“老有所依，老有所养”这句话最生动的体现。不过，万事开头难，刚开始的几年，有些年轻人对缴纳养老保险金并不怎么配合，常常给镇、村干部的工作出难题。一段时间之后，这件事情就在大家的生活中常态化了，毕竟每个人都要老去，等到老了，能领取一份“工资”，也是一种社会待遇。

豆新华、老石那些老人不但在自家地里种药材，到了季节还会去野外采挖草药，然后卖给村医杨风生，收入足够他们抽烟喝茶了，惠农折子上的养老金基本不用，但是每隔几个月，他们就到镇上的信用社把存折更新一下，说是看着上面的钱数不断增长，就好像领到了退休金，心里特高兴。

第四章　抚昨日，清风徐来

一　留守娃

山背罗湾一处僻静的大坎下，一树水桃花密密匝匝地绽放在枝头，又沾了清晨的潮气，花瓣看起来粉粉嫩嫩的。在它的映照下，周围干涸的土地都多了几分生机。可惜，围坐在树下的四个臭小子却有点儿大煞风景：书包远远地丢在一边，每人嘴里叼着一根香烟，吐烟圈的样子熟练又老到，与他们稚嫩的脸庞极不相称。各自手里捏着一把扑克牌，几张脏兮兮的一角、两角的纸币分散在左右，一看就是赌博的架势。他们是石地小学四年级的学生，其中一个是石有地的儿子小石头，他是逃学的惯犯，今早去教室里转了一圈，顺便叫上三个同伙，一起从学校里逃出来，坐在水桃树底下打牌赢钱混时间。大概是害怕被坎上路过的人发现，四个臭小子说起话来声音放得低低的，一圈牌打下来，输了的人就自觉地把钱扔给赢的一方，打牌的“业务”看起来相当熟练。

太阳从东边慢慢爬到头顶，眼看已经到了正午。不一会儿，石地小学放学的铃声响起，小路上出现了三五成群的身影，水桃树下的四个臭小子这才麻利地收拾家当，背上书包，拍拍屁股上的土，若无其事地回家吃中午饭去了。

傍晚时分，老石扯着小石头骂骂咧咧地来到村里的小卖部，质问尹小菜为何把香烟卖给一个10岁大的碎娃。尹小菜比他还厉害："我开商店挣钱，公平买卖，给钱卖货，天经地义。"

老石恨铁不成钢，指着小石头的头，气恼地对着尹小菜说道："10岁大点娃，你不问问他哪里来的钱，就把烟卖给他，这害人的黑心钱你也敢挣？"

"老石，你管不住孙子，别在我身上出气，以后你们家大人娃娃都不要来我这里了，免得你孙子以后杀人放火了还要赖在我头上。"尹小菜大声冲老石吼道。她心中有些发虚，小石头之前从她这里已经买过好几次烟了，只不过以前每次他都是买几块钱一包的，唯独今天早晨，他拿着一张皱皱巴巴的百元大票，张口就要四盒黑兰州。她心里明白那钱肯定是从家里偷出来的，邻里乡亲的，按理她应该第一时间把这事给老石说一声，怎奈还是想挣这四盒烟的钱。她当时想，村里数石有地两口子一年挣得多，100元钱不算啥。

尹小菜的小卖部是山背罗湾村唯一的百货商店，两年前开的，大家平日里用的油盐酱醋都从她这里买，价钱虽然比山下稍微贵了一点，但出门就有地方买东西，到底方便。尹小菜这个女人也是村里出了名的不讲理，谁都怕她三分，村里人一般不会招惹她。老石这会儿是太生气了，才过来找她理论的。

晚饭间，老石闻到小石头身上有烟味，便翻了他的书包，搜出没抽完的半盒烟，他当时心中一怔，急忙把压在炕席下的钱数了一下，果然少了 100 元。他软硬兼施地逼问小石头，小石头只好照实说了，早上他和三个同学逃课，钱都拿去买烟抽了。老石之前就发现压在炕席底下的钱有时会莫名其妙地少了几块，他还以为是自己老了，记错了，看来是小石头偷去了。老石气得重重地打了宝贝孙子两巴掌，因为儿子儿媳长年在外面打工，他和老伴平时就尽量疼着宠着两个孙子，没想到小石头不但学会抽烟，还开始偷钱了，他才 10 岁，照这样下去，以后还不知道会变成什么样呢。老石心里很难受，他把老伴训斥了一顿，让她以后不能太宠着两个臭小子。老伴说小石头她以后会严加管教，但是小卖部的尹小菜太不是东西，竟然给碎娃卖烟。于是，老石就找了过来，本想敲打一下尹小菜，但这女人泼妇似的，一番话竟让他无言以对。最后，老石只能憋着心中的闷气把小石头领回家。才刚进院门，早上和小石头一起逃学的三个娃儿的奶奶找上门来了，她们说话的口气很不好，纷纷警告小石头，以后逃学不要拉上别人，他不好好上学，人家娃儿还想念书呢。

三个老婆子吵吵嚷嚷半天，老石老伴不停地给人家赔不是，好不容易才把她们劝走。老石无力地坐在门槛上，像被人用双手掐住了脖子，好半天发不出声来。他好强了一辈子，凡事都想和人较高低，却常常事与愿违。早先石有地的婚事就让他在村里丢尽了面子，好不容易这个面子现在挽回了，却又因为孙子让人给打脸了。老石第一次感觉到没有父母在身边管教的娃儿们，以后真是个问题。

山背罗湾村出去打工的年轻人越来越多，运气好的会像石有地那样把婚姻大事在外面解决了，然后媳妇回来生娃，养到两三岁时留给老人照看，她们接着出去挣钱。眼下，石地小学的几十个学生几乎都是留守娃，没有爸爸妈妈在身边，爷爷奶奶生怕他们受了委屈，就可着劲儿地疼爱，一个个都给养得任性又散漫，从来不把上学当一回事儿。石地小学的老师原本就不安心待在山背罗湾，看到学生们不思进取，家长又放任自流，他们也就不愿意花心思在教学上了。时间长了，娃儿们更不像样子，这其中当数小石头最顽劣，坏毛病一身。老石看明白了，小石头再不管教，以后会弄出大乱子。万般无奈之下，老石拿起石有地过年回来留在家里的手机，想把小石头的所作所为如实告诉他父母。捣鼓了好一会儿，手机屏没亮，老石喊小石头过来帮他。电话拨通，那边没人接听。小石头幸灾乐祸地说："爷爷，我爸这会儿在上夜班，人家工厂里不让接电话，你还是别告状了，我以后不拿你的钱了，等我长到 18 岁，我就去当兵，等在部队混好了，我给你买好茶好烟，让你享清福。"

老石吼道："当什么兵，再大一些就跟着你老子打工挣钱去。"

小石头看他爷爷又要发飙，赶紧顺着他的话说："好好好，明年我就去打工，行了吧？"说着，赶紧跑远了。

"明年你还小，没人雇用你。"老石喊道，心中一阵难过，又感到一丝欣慰。小石头现在还小，正是读书的年龄，可是在山背罗湾，至今还没有一个人能靠读书混出个饭碗的。这几年，村里也有人家在县城里租房，供娃娃上初中、高中，但最终还是没有人能读出名堂来，即使坚持到高中毕业，不过是鼻梁上多了一副眼镜，身子骨变得娇弱，既不能文又不能武。与其这样，还不如务实一些，让他们趁早帮家里分忧，为今后的生活谋个好出路。

二 唱响新旋律

当西北的农民工成群结队地涌向全国的发达城市时，山背罗湾的土地也留不住人了。最初，村里只有男人出去打工，后来石有地几个人带回来的外地媳妇，生养之后就又随自家男人出去挣钱了，其他女人倒是没有这个想法，日子照旧。不管社会怎么发展，山上人还是认为抛头露面的事情应该由男人去做，女人的本分就是守在家里，照顾好一家老小的吃穿。这个时候的山背罗湾，还是挺热闹的。也不知从什么时候开始，山背罗湾的女人们也开始结伴外出务工了，村子里日渐冷清起来。

大城市快节奏的工作生活让保姆变得供不应求，只不过如今保姆这项工作有了一个新名称——家政，由此全国各地产生了许多家政公司，而这些家政公司的主力军就是农村偏远山区的中年妇女。她们没什么文化，最擅长的是做家务、照顾人，这正是城市家庭所需要的。于是，农村中年妇女加入外出务工的大军，从四面八方涌入大城市，被忙于事业的城里人请到家中照顾老小，或者在医院里做护工、做月嫂，收入并不比男人低。年轻女娃们一般不干家政，她们也干不了，年轻人嘛，大多都不会做饭，更不要说侍候人，那个苦她们吃不了，相比较而言，酒店、宾馆的服务员更适合她们。许多工厂也需要女工，不愿意做家政的女人就去当了工人。总之，走出乡村，迈进大城市的女人们不再靠男人养活，凭借自身优势走出了一条短期内摆脱家庭贫穷的致富之路。

过去，山背罗湾的女人很少有人能走下山、进个城什么的，她们对山外的了解都是从电视上看来的，打开电视，几乎每个频道都有与农民工有关的节目。但电视上说得再好，山背罗湾的女人们也只是看看，不是很相信。如今之所以生出外出打工的念头，主要是受了山下亲戚的影响，她们说：那谁家的女人 40 多岁了，在北京侍候一位老教授，一年时间就给家里盖了四间一砖到底的新房；谁家的媳妇在家中受不了公婆的气，去西安的医院做护工，一个月收入五六千元，过年回来给家里添补了很多值钱东西，与公婆的关系也和睦了。与此同时，政府的号召也传到山背罗湾，有几户人家的墙上就写着这样的标语：

劳务输出一人，脱贫致富一家；

脱贫先立志，致富靠自己；

消除贫困，改善民生，实现共同富裕。

山背罗湾老一辈人的思想普遍保守，刚开始无法接受女人出去闯荡这件事。女人自己也早就习惯安安分分地守在山上，传宗接代、侍候老小、种地拾柴，过着逆来顺受的生活，看似被男人养活，实则力没少出，苦没少受，手里没钱，需要用钱时还得看男人的脸色。如今，通过从电视上看、在现实生活中听，她们封闭的思想动摇了，加上脱贫致富的迫切心情的驱使，有条件出去的几个女人私下里一商量，把娃儿们托付给家中的老人，怀着忐忑又激动的心情走向外面陌生的世界。

关于脱贫致富，山背罗湾人一直在努力。现在因为外出务工这条渠道，村里有一部分人家的生活条件得到改善，吃穿不用愁了，想要供娃儿去山下的中学上学，已不算是多大的难事。这对昔日连解决温饱都是问题的山背罗湾来说相当不容易，算是很大的进步了。但不管怎么进步，山背罗湾的整体落后现状一直未曾改变，最大的原因是地域的限制。从山下到山上的羊肠小道是一个让山背罗湾人既感激又心酸的存在，他们在这条山道上流的汗水比吃的肉还多，许多人常在这条小道上背着重物行走，年纪轻轻就弯腰驼背，腿脚变得不灵便，甚至导致身体残缺，生命渐息。牲口也好不到哪里去，成年累月驮着它们主人的生活重担，直到生命耗尽的最后一刻。可是，如果没有这条羊肠小道，山背罗湾人说不定就要退化成山顶洞人，彻底与世隔绝了。

中国式的扶贫如一声春雷，传遍华夏大地，又如雨后春笋节节拔高。甘肃省的扶贫工作如火如荼地展开，宕昌县委派县直各单位抽调人员组成帮扶工作队，到各个贫困村进行结对帮扶，高半山上的山背、罗湾两村成为全县的重点帮扶对象：截至2012底，两村282户1183人中，建档立卡贫困户共225户876人，贫困发生率高达74%。

宕昌县人可能都知道，由于地处偏远以及恶劣的自然环境等因素，山背罗湾两村人的生活很困难，发展很落后。可是当县上的驻村帮扶工作队下到山背罗湾村，展现在眼前的贫困景象还是超出了他们的想象，几个人一时竟无言以对，心底深处最慈悲的那根弦发出了催人泪下的声音：住在高半山的山背罗湾人啊，那么多白天黑夜，那么多春夏秋冬，你们究竟是怎么熬过来的？

留在村子里的山背罗湾人，并没有过多地关注扶贫这件事情，也没在意自家是不是贫困户，既然是镇上分派下来的工作，他们作为老百姓，该提供证件就提供证件，该签字就签字，积极配合就行。因为村里的壮劳力都出去打工了，村委会班子几乎处于瘫痪状态，驻村工作队召集开了几次村民大会，主要是宣传学习相关的帮扶政策，制定村里的产业发展规划，评选低保户、民政救助户等。在这之前，村里已有人家吃上低保了，除五保户、严重残疾人每年都有民政救助外，好像时不时地也会有人争取到某些方面的救助。这些事情没有公开过，大家都是道听途说，背地里提意见的人很多。驻村帮扶工作队进村后，凡是涉及群众利益的事情，都会拿到村民大会上公开传达，并且让村民参与意见。同时，根据山背罗湾的实际情况，又增加了低保名额，扩大民政救助范围，并给全村的残疾人办理了残疾证，为他们申报应该享受的残疾人补贴。一段时间下来，各家各户基本都与惠民政策沾上了边。到了这个阶段，大家以为已是最好的扶贫了。

山背罗湾人除了每年跟着时令耕种传统的农作物外，大多数人家会种上几亩药材，如党参、大黄、柴胡、黄芪，都比较适应高山栽种。有的还会种上一半亩辣椒，或是在田间地头栽上零星的花椒，这类农副产品在干旱的化马山上长得很好。中药材种成之后，大家会卖给村医杨风生，“双椒”则是供自家人和亲戚朋友享用，再余下的，会背到山下的市场上去卖，但路途遥远，又难走，想以此换点钱那是真不容易。

驻村帮扶工作队在山背罗湾工作了一段时间，开始动员村民们大面积种植花椒、辣椒，说要作为山背罗湾的主要产业去发展。可是，大家哪里敢多种啊，一座化马山横亘在眼前，所有想要发展的愿望都会被挡住，何况现在各家的主要劳力都出去打工了，有的人家连庄稼都不再种，还发展什么产业。对于这一点，驻村帮扶工作队自然看得明白，山背罗湾不同于山下的村庄，偏远的地理位置和“无路可走”的交通现状，已将它死死地绑在眼前的困境中。“培育壮大龙头企业，纵深推进农业产业化”，这句话可以引导中国千千万万个农村走向富裕，让许许多多的农民看到美好未来，但放在山背罗湾，不但村民们为之摇头，连驻村帮扶工作队也很茫然。

三　滚不成圆的日子

又过了一段时间，驻村扶贫工作队的人时不时还会到山背罗湾来，至于他们在干什么，除了村干部，很少有人去关心。大家只要看到惠农折子上的各种补贴按时发放，全家该领取的低保、老人的养老金一分没少，看病的医药费按时报销，便都安心地过自己的小日子了。政府现在给的这些好处，成为山背罗湾很多贫困家庭的主要经济来源。有了这些收入，他们的日子比之前好过多了，一个个心中都挺知足。

5·12 汶川地震后，政府出资帮助受灾地区重建家园、恢复生产，很多乡村旧貌换新颜，农民因祸得福。化马山下被地震波及的村庄也得以重建，一座座青砖红瓦的农舍拔地而起，各家的摆设焕然一新，庭院整洁有序，俨然一幅富裕日子的幸福景象。山背罗湾虽然第一时间得到了政府的关怀和帮助，但最终因为道路限制，运输不便，只能在充分利用原有材料的基础上，把受损的旧房子进行维修或翻修。那些房子，无论怎么修，只能是土木结构，还得盖成人畜混住的两层，到底没有人家山下的漂亮敞亮。要说眼下的生活，山背罗湾人没啥可嫌弃的。老老少少都能吃饱穿暖了，年轻人出去打工挣钱，年纪大的留下来看家照顾娃儿，几亩卧牛田能种就种，种不了就荒着，反正一家人的生活又不依靠它了。至于出行困难、缺水吃等问题，山背罗湾人虽然时常埋怨，其实也不会傻傻地去愁虑，那是难中之难的大事儿，他们知道，就算把自己愁死也无能为力，还不如做好自己能做的事情，把日子过到人前头。至于这些轻易解决不了的难事、大事，就留给大个子的人去顶吧。

山背罗湾人一直觉得他们的村庄很小，一支烟的工夫，就能从村头转到村尾。如果谁家有要紧事情，站在村子中间的小路上吆喝两声，全村的人就都能听到，放下手中的活儿赶紧过来帮忙了。他们习惯了这种拥挤、热闹的生活环境，觉得挺好的。

先是年轻男人陆续离开山背罗湾，走向大城市，接着女人们也涌进家政服务的行列，成为打工一族。等能走的都走了，留下来的老人们回头一看，山背罗湾好像变大了，到处空荡荡的，路上遇见的不是他们这些上了岁数的老人，就是流着鼻涕的娃儿们，鲜少看见年轻人的身影。一到晚上，整个村庄静悄悄的，就像豆新华老人说的那种“鬼拉人”的样子。这倒没什么，时间一长大家就习惯了。为了让全家人过上好日子，年轻人出去打拼，老人娃儿们留守在土地上，这在目前看起来是最好的生存方式了。不过，年轻人变少的村庄，遇上事情的时候，老人们就心有余而力不足了。

前段时间，山背村 64 岁的李老婆子去泉里挑水，不小心摔倒在路上，好长时间都没人发现，还是放学回家的大孙子看到水桶不见，便寻了过去，那会儿李老婆子已经浑身冰凉，气绝身亡了。抬她回家的老人们都说，李老婆子是有福之人，死的时候不拖拉，自己不受罪，也不让儿女受累。话虽如此，留给家人的却是一辈子的遗憾和伤痛。李老婆子在新疆、兰州打工的三个儿女第二天天黑前才赶回家中，一个媳妇在北京做家政，说是实在回不来。风尘仆仆赶回家的儿女们看到母亲冷冰冰的身体，悲痛的心情可想而知。再看丧事场上，除了能数得着的几个年轻人，剩下的全是老人娃娃，而打墓、抬棺、下葬、埋坟这些都是出大力的活儿，上了年纪的老人们哪里能担得起。灶房里帮灶的女人也少得可怜，这个倒可以凑合，少做几道菜，还给主人家节省一些。只不过，一个地方有一个地方的风俗规矩，脱离了这种约定俗成，事情就走了样，终究会让人心里不安。幸亏李老婆子的儿女多，看着帮忙的人手不够，都穿着孝服走出灵堂干起活儿来。最后还算好，在阴阳先生算定的时辰里，李老婆子准时入土为安了。以前的山背罗湾，遇上这等白事情，帮忙的人多得都没地方站，孝子只需要守在灵堂前祭奠跪拜、迎来送往，哪里需要操这份心啊。

生活就是这样的，不是这里缺了一角，就是那里少了一块，总是滚不成一个圆。为了生活，山背罗湾的年轻人闯出一条外出务工的路子，但为了走上这条路，他们舍弃的也很多，过不了老婆娃娃热炕头的生活，不能在父母跟前尽孝，还得让他们在家劳作操心，村里的许多事情也没办法参与。可是，现在不这样过活，又能怎么办？

此一时，彼一时，山背罗湾人的生活好起来了，村子里原有的秩序却被打乱。好多人家的房子空了，院子里杂草横生，土地没人耕种，有的人家为省事，卖掉了耕牛和毛驴。一走进村子，再也感受不到原来的那种人气和生机。老人们生病，能扛多久就扛多久，他们还有照顾孙子孙女的重任。娃儿们在自家爷爷奶奶面前都是宝贝，吃饱穿暖那是肯定的，但却疏于管教，或者干脆不知道该怎么去教育，由着他们的性子像野草一样疯长，等发现长歪了的时候，已经无能为力了。在山背罗湾，偷大人钱、抽烟、逃学的娃儿们不止小石头一个，还有好多呢，他们心中的生活目标，就是走上父母走的那条路——外出打工挣钱。父母亲自然是希望他们能够好好念书，将来更有出息。但是，日子过着过着就“重蹈覆辙”了，许多美好的想法打了个转儿，就又回归到原路上去了。

四　春风拂面

连寒不知冬去，花开方觉春深。不知不觉间，在山背罗湾，从老人到娃儿们，都逐渐习惯村里没有年轻人的生活了。如果有年轻人长期待在家中，大家会觉得他游手好闲，没有出息。打工，成为山背罗湾人脱贫致富的重要出路。也因为打工，山背罗湾人长了见识，思想认知发生了改变，越来越多的人家开始把娃儿转到镇上去上学，尽管要花钱租房，还得有专人守在那里照看，生活上有诸多不变，但他们开始为下一代做别的打算了，不得不说这是山背罗湾人的大进步。凡事只要有发芽之势，难保有一天不会长成参天大树，这个过程就是一个质变的过程，是把美梦变成现实的奋斗过程。

不过，好多年过去了，有些事情在山背罗湾还是一成不变的。比如从村前蜿蜒而去的羊肠小道，又比如严重缺水的现状。有时候，习惯是一种很可怕的东西，它会让人变得麻木又迟钝，甚至陷入既定的思维中再跳不出来。待在高处的山背罗湾人，不是没有看到山下这些年的发展变化，那种变化是巨大的，是让他们心里惊诧的。与这些变化相比，他们出行的羊肠小道显得那么格格不入，却又好像理所当然，因为这是在化马山上由来已久的存在，直至 2014 年，这种人扛马驮的出行方式还在继续。至于他们早上要起个大早，到几里之外的泉边去挑水这件事儿，山下人觉得很不可思议。

是啊，这都啥年月了，城里人嫌拉到眼皮子底下的自来水不健康，各家都安装净化器，用上了更干净的净化水，山背罗湾人却还得为一桶水披星戴月地排队去抢。这怪不得别人，谁让他们的老祖宗最初要选择在化马山上居住呢？站得高未必看得远，但生存上遇到诸多不便的代价却是必须要承受的。无路可走，无水可吃，是他们的生活惨状，却也是他们无力改变的事儿，就只能顺其自然地活着。他们现在倒是把摆在眼前的利益看得很紧，都想紧紧抓在手里。比如，把低保由三类变成二类，把民政救助争取到手；把驻村工作队帮扶的一桶油、一袋米拿回家。没办法，大家都这样想，平淡的生活时不时也需要这些小恩小惠来取暖。

扶贫这件事情，山背罗湾人最初就没怎么放在心上，好多事情不都那样嘛，大张旗鼓地开始，安安静静地结束。即使有好处，也是少数人的，各家的日子怎么过，还得靠自己。不过，慢慢地，山背罗湾人还是看出，扶贫工作确实是为了给老百姓办实事、办好事，而且持续两年之后，不但没有结束，还有了大动作。

事情还得从出去打了几年工，又回到山背罗湾村的杨争海身上说起。

一个上千号人的村庄，来的来，去的去，是很正常的事情。杨争海作为山背罗湾人，出去了，再回来，与大家本没什么不同。要说不同，大概就是他曾当过好多年村支书，在山背罗湾有很好的人缘，大家每次提起他，都觉得很亲切。自从他辞职之后，断断续续的有人上任，时间却都不长，也没他干得好。于是，山背罗湾人只要提起村上的事情或者村干部，一般都会拿杨争海当村支书的时候做比较。有些事情是不经念叨的，也可能这种念叨里本来就包含着民心所向的意思。2014年年初，杨争海再次担任了罗湾村的支部书记，与他一起组成村委会班子的有主任李让安，文书李谢选。因为，扶贫工作有了新的要求和任务，不能再像前两年那样大水漫灌，从现在开始要摸清农村底子，找到致贫原因，不折不扣地落实习近平总书记关于精准扶贫的重要指示精神，进行精准帮扶，精准脱贫。

2013 年 11 月 3 日，习近平总书记在湖南湘西花垣县十八洞村考察时指出：扶贫要实事求是，因地制宜。要精准扶贫，切忌喊口号，也不要定好高骛远的目标。他说有三件事一定要做实：一是发展生产要实事求是；二是要有基本公共保障；三是下一代要接受教育。他要求各级党委和政府都要想方设法，把现实问题一件件解决，探索可复制的经验。

人类的发展史，总是在不经意间，酝酿出一场波澜壮阔、翻江倒海的大潮，让人们不断前行，并成为一个时代的标志。精准扶贫的科学概念就是这样产生的："实事求是、因地制宜、分类指导、精准扶贫，"这些从实践中总结出的宝贵经验，及时把中国的扶贫工作推向一个新高度。

扶贫工作转入精准阶段后，驻村帮扶工作队对山背罗湾

282 户 1183 人的情况又做了进一步调查核实，按照国家制定的贫困户标准，经过认真评选，张榜公示，山背罗湾建档立卡贫困户共有 220 户 862 人，贫困发生率达 73%。经过帮扶工作队认真扎实的工作，山背罗湾这些贫困人口该享受的优惠政策，他们全部都享受上了：落实教育扶贫政策；看病报销的比例提高，在县域实行“免起付线、免诊疗费、免住院押金”的“三免”政策；新农合和大病保险由财政全部补助；落实兜底保障扶贫；落实残疾人护理补贴；落实危房改造或建房补助；免费进行技术培训；提供 5 万元之内的三年无息发展产业贷款等等。

政策逐一落实后，山背罗湾贫困户的生活发生了明显的变化，只是受地域和自然条件的限制，村子里基础设施建设方面的进展几乎为零。上山无大路，出行极其不方便；吃水得靠人挑，且路途远；村容村貌落后凌乱。教育扶贫在山背罗湾也没发挥多大的作用。因为偏远，山背罗湾村连高中生都很稀缺，大学生更是没有，能把九年义务教育享受完整的学生就相当不错了。纵观山背罗湾这样的现状，实在与习近平总书记提出的“在 2020 年前全面建成小康社会”的总体要求相差太远了，当地各级政府的压力显而易见。不过，有压力就有动力，正如机遇与挑战并存一样，山背罗湾人看到村干部和驻村帮扶工作队的人走村串户，忙进忙出，心中顿时充满了期待。

后面一段时间，镇、县两级领导一次一次地爬上化马山，站在山背罗湾的坡梁高处，对着下面指指画画。山背罗湾人预感到，他们这里要有大事情发生了。

五　时代之音

从化马山脚下仰起头，使劲往上看，是矗立在蓝天白云下的一座座山头，它们正以不可攀爬的姿态向天空的方向延伸，由大变小，由清晰变模糊，由有形变无形，最后与天连成一片，山下的人以为那就是天边了。因为太高，他们看不到，那天边其实还有村庄，村庄里有千十号人。如果用诗意的语言表述，就该用杜牧的那句“白去生处有人家”了。但生活就是生活，“天边的生活”哪里有那么多的诗意和浪漫，最起码这千十号人组成的山背罗湾就只有一地的现实需要大家去面对。站在家门口，就像悬在半空中，头顶上又是一层天，脚下是高耸的化马山，肉眼能看到的只有站立在山坡上的石头。化马山山麓地带开阔，连着公路，邻着白龙江，那是山上人都向往的山下。

关于山下，山背罗湾人其实知道的很少，站在山上他们什么也看不清，停留在眼前的都只是想象：房子、山川、河流、土地、公路，甚至人家的一言一行。而这一切，都是他们山上人终其一生想要努力去达到的高度。这个高度何其高，一直以来，山上人找不到一个突破口，化马山不但高大，浑身上下还坚硬如铁，除了眼巴巴地看着，实在无从下手。

“希望是本无所谓有，无所谓无的。这正如地上的路。其实地上本没有路，走的人多了，也便成了路。”鲁迅先生在《故乡》里写下这段话，是想表达“我”怀着深深的失望与痛苦的心情坐船离开故乡，但“我”并不因此消沉、悲观，而是寄希望于未来和下一代。山背罗湾一代又一代的人，从出生到离开，把所有的时间和精力都投入到了解决生计和出路的问题上，文化知识对他们来说连生活中的调味品都算不上。好在他们老早就弄懂了一个道理：“地上本没有路，走的人多了，也便成了路。”那条从村前绵延而下的羊肠小道，最早就是山背罗湾人天长日久走出来的，现在这是山上到山下唯一的通道。仅此而已，靠他们这些渺小的个体，也只能走出这条仅仅容下双脚的羊肠小道。如今，小道的使命还在继续，却早已无法盛下山背罗湾人对新生活的要求和希望。他们多么想改变，像山下人那样，有四通八达的康庄大道，出门有车坐，自来水拉进院子里，地里的庄稼能丰收。可是，靠他们这些山背罗湾人，走出一条羊肠小道已耗尽一生，又从何谈起山下人所拥有的呢。

从山下看不到山上，从山上望不清山下，这种遥不可及的距离，令人忧伤而绝望。

不过，今时不同往日，时代的跫音已从化马山爬上来了。

亲爱的山背罗湾人，现在请别再忧伤，别再绝望了。站在高处，请用心倾听走近你们的声音，张开双臂静待这个时代之下的伟大壮举——脱贫攻坚！

贫困问题是中国全面建成小康社会的拦路虎，也一直是习近平总书记最为牵挂的事情。他说：

“让老百姓过上好日子，是我们一切工作的出发点和落脚点。”

宕昌县的扶贫工作一路深入之际，高山上的山背、罗湾两村被定为深度贫困村，实施了一系列大动作的帮扶。山背罗湾人自己走不出的路、看不到的希望，这时候有人替他们披荆斩棘、负重前行了。更让他们没有想到的是，曾经阻碍他们奔向幸福生活的化马山，有一天竟然变成了“一马平川”，甚至成为他们取之不尽，用之不竭的“聚宝盆”。

六　化马山上的礼炮声

杨争海再次上任山背罗湾村支书后，就和主任李让安、文书李谢选一头扎进了村里的精准扶贫工作中。他们在这项工作中越深入，心里头就越热乎，干事的劲头儿也就越大。“山背罗湾改头换面的机遇来了！”他们总是不分时间不分场合地说着这句话，山背罗湾人听得次数多了，便开始热切地期待起来。果然不负众望，第一个消息很快传进了山背罗湾：政府要在化马山上修筑大路了。

在化马山上修大路？山背罗湾人虽然对村干部的话报以很

大的希望，但从来没有与修大路联系起来。在化马山上动工修路，那难度堪比登天，以往曾提起过好多次，最后都不了了之，这让大家心中很失望。再次听到这方面的消息，大家的反应并没有多么热烈，毕竟“狼来了”的故事让人很受伤害。没有希望，就不会有失望，那种一次次被失望包裹的心情，就像坐过山车，身体不好的人承受不起。

一拨一拨的人来到了化马山，说是为修路做前期的准备。这些人中，有的是镇县领导，他们爬到各个山头仔细查看着、讨论着，中心话题是山上的这条路。有的是技术人员，扛着仪器跑现场、丈量、测绘、规划，最后还要拿出可行的设计方案。

山背罗湾人站在村前，看着人来人往的化马山，心中很感慨。化马山上最多的是地上的石头、天上的鸟儿，还从来没有来过这么多的人。看来，要修大路的事情是真的喽！

山下的“公家人”还在不断地往化马山上跑。很快，大路开始动工了，一直要从山下修到山背罗湾，还举行了隆重的奠基仪式。

那是 2014 年清明节后的一个早晨，化马山站在灿烂的阳光下，仿佛一位不怒自威的大家长，静静地注视着眼前热闹喜庆的场面。这种场面，对于已经习惯待在寂静中的化马山是陌生的，但这种场面，无疑又是众望所归。要不，怎么会有这么多人关注修路这件事情呢。

这个早晨，山背罗湾人也早早地站在山上，以无比感激的心情迎接着山下人的到来。然后，在激动中等待着大路奠基仪式的开启。在这之前，老人们已经拿着家里的好东西去土地庙祭拜过了。土地庙是山背罗湾所有人的守护神，肯定也会竭尽全力保佑这条大路的修筑。

山下来的那些人，山背罗湾人听驻村干部说，都是县上和镇上的主要领导。这几个月里，他们为修路的事情，已经到山上来了好多趟。那位说话果断、办事利索的人是县委书记李平生，他来宕昌县任职才几个月时间，却已跑遍全县的各个村子，为老百姓解决了不少困难。正和几位工程技术人员商量事情的是县长李建功，他在宕昌县的工作时间比较长，是一位实干家。留着短发，穿一身运动装的那位女同志是县委统战部部长陈霞，她作为联系两河口镇的县级领导，为了改变山背罗湾等村的落后现状，一直在不停地努力争取。站在陈部长旁边的那位四方脸的年轻人是两河口镇的党委书记马天龙，今天，他看起来比任何一个人都要激动。是啊，高高的化马山上要修大路了，备受生存之苦的山背罗湾人终于要告别无路可走的过去了。大路修通，他们可以轻装上阵，挺起腰杆过日子了。除了县、镇的这些领导，还有一些镇上的干部、行业技术人员，他们早早地守在自己的工作岗位上，准备随时为修路工作保驾护航。

在约定的良辰吉时，化马山上的礼炮声骤然响起，到场的领导纷纷拿起铁锨在路基上用力铲下了最初的那几锨土。接着，热火朝天的修路场面迅速拉开。

这一刻，山背罗湾人长久以来郁结在心中的沉闷和不甘，终于得到了释放，大家热泪盈眶，一个个都在高声欢呼：我们也要走在大路上了！

这一刻，山背罗湾人的眼前变得无比开阔，好像还有一个小小的火苗在不经意间被点燃，正悄悄地往外蔓延。

七　最好看的一道风景

叮叮哐哐，叮叮哐哐……

修路，修路，修路！

转过一个弯，越过一道梁，再跨过一面坡。

一天又一天，一月又一月。

化马山上的路，真的好难修啊。土层坚硬，巨石挡道，坡面陡峭，路途遥远，材料难运输。严寒酷暑，雨雪纷飞，大风漫卷，尘土肆虐，工程难推进。

可是，无论天气怎样恶劣，土层多么坚硬，修路工人们每天都坚守在阵地，干得热火朝天，从来没有停止过。

山背罗湾人站在高处，时时关注着修路的进度，殷切地盼望着大路修好，山上山下连通的那一天。

这期间，也有“忘我大德，思我小怨”的村民，为占去几分地，砍掉几棵小树，损坏几株药材而无理取闹。不过，没关系，驻村帮扶工作队的人每天都在村委会办公，他们晓之以理，动之以情，总能找到解决的办法。山背罗湾大多数人都心怀感恩，知道以大局为重，不会因为个人的蝇头小利而耽误修路进度。他们深深地知道，这条大路是所有人的期待，是山背罗湾的春天，是高半山的里程碑。

等待大路修通，成为山背罗湾人生活中的一件大事。留守在家里的老人们，只要和出外打工的儿女们打电话，关于修路的事情就能唠叨上好半天，事无巨细，生怕遗漏了其中的某一个细节，好像电话公司给他们开通了热线，不收电话费似的。电话那头的人虽然看不见修路的场面，但每一次听老人唠叨，都既感动又兴奋，不由得就开始在心中盘算着，等到大路通向家门口时，他们该去干些啥。憋屈了这么多年，想干的事情实在太多了，农用车、摩托车、小轿车，这些在山下早已普及的交通工具，就是他们第一时间想要实现的计划。

来年暮春，化马山走进一年中生命力最蓬勃的时节。无论是地里的庄稼，还是山上的草木，都绽放出了生命力最旺盛的模样。放眼望去，在满山满坡的绿色之中，一条宽阔的路弯弯曲曲地盘旋而上，直抵最高处的山背罗湾。它，就是山背罗湾人期盼了近一年的大路，在春夏交替之际正式通行了。一直以来，都是那条顺山而上的羊肠小道承载着山背罗湾人的双脚，这下好了，山背罗湾人终于可以放开手脚，从容地行走在大路上了。

大路很宽，也很漂亮，在山背罗湾人的眼里，那就是化马山上最好看的一道风景，不但给他们带来欢乐的笑声，还让生活变得方便舒坦。他们在上面随心所欲地行走、奔跑、运输，生活的节奏变快了，要做的事情越来越多，许多之前想都不敢想的好事情在一件一件地落实。虽然整个村庄还是只有那些留守在家的老人娃儿们，年轻人依旧在外面拼搏，但村子里的气象和以前不一样了，有沐浴春阳的朝气，也有秋天收割的喜悦。这，都是大路的功劳啊！

大路其实就是一条修在化马山上的乡间土路，雨天走着一身泥，晴天走着一身土，与山下的公路相比还差好几个档次。但是，山背罗湾人已经很知足了。在他们眼里，那不仅仅是一条路，更是希望，是卑微生命慢慢走向强大的开始。山上山下距离的缩短，就是山上人与山下人之间差距变小的开始。

自从大路修通，山背罗湾人见识新事物的机会多了，曾经被化马山束缚的思维逐渐活络起来，他们首先觉得自己不该再蜗居一隅，暗自伤神。大路都修到家门口了，能干的事情很多，还怕没有好日子过吗？

八　最好听的一种声音

化马山上的大路修通了，走在上面的人和车辆一天比一天多。山背罗湾人站在村庄前面笑哈哈地看着路上的情景，心里像驻进了一束光，照得五脏六腑都活跃起来。

以往，在化马山这座寂静的大山上，最常见的画面是弯腰弓背的人群赶着“踢踏、踢踏”的牲口踽踽前行。那是一种艰难岁月推动艰难日子的行走，是高山之偏与生活无望的煎熬。

如今，山背罗湾人放开了手脚，来去自如地在上面行走，浑身由里而外好像都变轻松了，自由了。老人们打电话给在外打工的儿女又有了新话题：走出家门，就是宽宽的大路，走在上面别提有多舒坦了；镇上还有直通村里的班车，早上坐班车下山赶集，办完事，下午早早地就连人带东西坐车回家了，再也不用像以前那样，为了赶趟集，还得起早摸黑。听到这些话，外面打工的年轻人，心里头早就痒痒的，琢磨着赶紧抽空回去实地走一趟，看到底是买啥类型的车比较适用。

夏末的一天下午，村口大路上传来“突突突”的响声，闲游闲转的老人娃儿们伸长脖子一看，原来迎面开来一辆崭新的农用三轮车，车头上还挂着一朵绸子扎成的大红花。走近了，他们看清楚驾车的人是村主任李让安。“李让安买车了！”大家纷纷惊呼，围在车前，看宝物一样欣赏着山背罗湾有史以来的第一辆机械化的交通工具。农用三轮车目前是农村最实用的机械车辆，既能拉东西，又能载人，在村民们的眼里，小车是城里人开的，农村人还是更适合这种农用车。此时，李让安开回了山背罗湾的第一辆车，这在大家伙的眼里犹如连续干旱的天气突然落下了一场雨，那叫一个喜，有人还从尹小菜的小卖部里买来两串鞭炮，像过喜事一样迎接着它的到来。这是一个好开端啊，像当初村里买电视机一样，有人带个头，有了第一台，接着就会有第二、第三台和更多，以后赶集、转亲戚什么的，就不愁没车坐了。

还真是的，李让安开了个好头，后面接二连三的就又有人买车了。大多数是农用三轮车，这种车好开，最适合在乡村的路上跑，大多数人都可以驾驶。几个在山下做工的年轻人为了回家方便，买了摩托车，早晚“轰——轰——轰——”地穿行在化马山的大路上，看起来可神气呢。那些计划买小车的人，有的已经在上驾校了，驾驶证不好考，得有个过程，但买车是早晚一定要变成现实的事儿。

沉寂几十年的村庄，终于因为一条大路而生出新的气象，山背罗湾的老人们可高兴了，常常会忍不住感慨：“这下好了，有了大路，山背罗湾人就有了更好的出路！”不过，他们也看到村子里原来的那种热闹劲到底是回不来了。有什么办法呢？世上的好多事情总是不能两全其美。现在过的宽裕日子是靠小辈们出去挣回来的，他们留在家中倒是热闹了，但以前那种缺吃少穿的光景现在都不敢再去回想。两弊相衡取其轻，两利相权取其重，老人们相互安慰道：“外面的天地大，机会多，还是让年轻人安安心心地去闯荡，家里的事情就由我们这些老骨头守着吧。”

村里还是有年轻人的。几个懒汉光棍，害怕出力干活，赖在家里吃民政救助，倒也饿不死。还有几个留在家中喂养孩子的年轻媳妇。自从拉上电，修通大路，年轻人都出去打工后，山背罗湾的光棍汉慢慢在减少，村里不断地出现新面孔的女人以及由她们养育出的新生命。这些女人有的是经父母之命、媒妁之言从周边乡村嫁到山背罗湾的，有的是像石有地媳妇一样在外面打工，遇上山背罗湾的某个男人，自由恋爱，最后水到渠成地跟回了山背罗湾。城市很大，他们这些农民工搬砖砌墙，盖起了不计其数的高楼大厦，却始终挣不来属于自己的一处哪怕逼仄的容身之地。再说大医院昂贵的费用，即使勉强能承担得起，他们也舍不得，在山背罗湾女人生个娃，哪里用得着那天价的花销。所以，在外打工的女人，生娃坐月子时就又回到山背罗湾。这一生一养，有的女人为了碎娃就再不出去了，有的得把娃喂到两三岁再做打算。这样一来，没有以前闹腾的村子，多少还是恢复了一些人气。村里的老人们听到谁家媳妇回来生娃了，谁家又生了个大胖小子，都会发自内心地感到欢喜。在他们眼里，传宗接代不仅是一个家庭的大事，还关系到整个村子的兴旺。“留得青山在，不怕没柴烧”，只要有人，就啥都有了。

老人们闲了都爱聚在一起唠嗑拉家常，起初没有固定的地点，哪里人多就都往哪里凑。自从村前有了大路，大家闲暇时都会来路上转悠，时间长了，大路便成为他们聚集地了。

坐在大路边上，老人们一边用陷在皱纹里的眼睛巴巴地瞅着顺山而上的路，一边东拉西扯地拉家常。在他们眼里，那弯弯曲曲的大路，胜过化马山上的任何一道风景。大路修通，他们这些老人娃儿们并没有坐上车走过几趟，山上山下还是有些路程的，平日里也没有啥事情需要跑到山下去办理，酱醋糖茶米面油等生活用品，尹小菜家的商店里都有。村里除了杨风生这位老村医以外，现在又多了一位年轻的村医，得了小病找这两个人看就可以了。所以，留在山背罗湾的老人娃儿们基本没有去山下的理由。即使身体不常亲密接触，但只要看见那条大路，大家心里头的高兴劲儿就涌上来了，那是通往自家门口的大路，那是新生活开启的通道。

现在，各家的毛驴、骡子之类的牲口都陆陆续续地卖掉了，代替它们的是摩托车、农用车、面包车、小车一类的机动车辆，村子里比原来干净了很多，臭味也淡了。驻村帮扶工作队的干部说，现阶段不但要帮助村里的建档立卡贫困户增加收入，争取到 2020 年年底让他们全部顺利脱贫，还要改变人居环境，改变村子的整体面貌，把山背罗湾建设成为美丽乡村。大家不知道山背罗湾建成什么样就算是美丽乡村了，在他们眼里，现在的山背罗湾除了干旱缺水外，其他方面完全可以了。是该知足了，他们这些上了年纪的人，啥时候有过现在这么心闲安然的日子，不靠种卧牛田，不用爬山攀梁，全家人就能吃饱穿暖住好；生病住院了国家承担个大头；逢年过节有民政救助；大多数人家都享受上了低保；60 岁以上的老人每月能领取 100 元挂零的养老金；身强力壮的年轻人只要肯出力，就能挣到钱。这世道，是真的好啊！

大路修通的这个夏天，山背罗湾人又遇上了长时间的干旱。土地庙前的香火成天不断，老人们一出门就观天，看有没有下雨的迹象。离村子近的泉水都干了，每天清晨摇晃着身子去岔路口挑水成了他们的大麻烦。年纪稍微轻一些、身体好一点的人还有那个力气，去一趟，一路上多歇几次，一担水也就挑回家了。年纪大的人，家中再没个能出力的，吃水就成了大困难。有时候两个老人往回抬，有时候挑上半桶。不洗漱不浇菜园子可以，但人不能不吃不喝吧。帮扶干部告诉他们，政府已经在计划给山背罗湾拉自来水的事情了，吃水困难的问题一定会解决。要是早先，偶尔来山上的乡政府人这样说，他们只当是可怜、是安慰，但是现在他们百分之百地相信。精准扶贫实施以来，凡是政府承诺过的事情都会相继落实，那拉自来水的事儿也不会是空穴来风。

村里为了增加贫困户收入，还成立了农民专业合作社，规模化发展种植、养殖产业。村民们把土地流转给合作社，不但每年可以拿租金，还有分红。同时，合作社又以配股的形式吸纳贫困户的扶贫贷款资金，使贫困户不担任何风险，每年都能以股东的身份分红。总之，政府在想方设法地通过各种渠道为贫困户增加收入。

过了好长时间，自来水的事情还是没有一点儿眉目，帮扶工作队的人解释说正在筹备当中。但是，直到夏天过去，进入秋季，天渐渐变凉，化马山上的绿色全部退去，一片萧瑟再次把山背罗湾包裹，也仍旧没见个动静。许多人已认定这件事情“胎死腹中”了。他们怀着理解的态度说，政府出钱能把化马山上的大路修通，已经很不容易了，好事情不可能都让一个地方给占了吧，全县还有那么多的村庄需要政府花钱扶持呢。何况，给海拔 1900 多米的地方拉自来水，耗费的人力、财力不会比修路少。不过，从镇上开会回来的杨争海告诉大家，自来水最后一定会拉上，这是精准扶贫工作中的重中之重。

杨争海是一个不随便表态，表态就十拿九稳的人。他都这般说了，证明拉自来水的事情肯定会变为现实，大家收起急躁的心情，又开始耐心等待好消息的到来。因而，在干旱的日子里，山背罗湾人依然像以往一样跑到几里路之外的岔路上去挑水，很苦很累，但心情却和以往任何时候都不一样，他们相信政府一定会像拉电、修路那样，把山背罗湾人吃水难的问题也给想办法解决了。

打开电视机，几乎每天都能看到关于精准扶贫的报道，那些曾经的穷乡僻壤在这场声势浩大、行动力超强的扶贫工程中，都发生了巨大变化。甘肃各个地方的扶贫工作也在不断地向前推进，从上到下呈现出了紧迫、扎实的扶贫工作常态，各个乡村的面貌都焕然一新，最受益的是那些曾经被贫困折磨多年的农民，他们因为这场全民参与的扶贫工程而快速走向富裕，脸上的笑容一天比一天多。就在这短短的时间内，因为精准扶贫的深入实施，他们的生活状况迅速改变，乡村面貌变好变美。可以看到，如今的中国已经全面步入小康社会。在这个伟大的时代，人民公仆在为老百姓的幸福而日夜奋战，这些人心怀天下，情系苍生。“让老百姓过上好日子”就是他们的出发点和落脚点。就拿地处甘肃东南边陲的陇南市来说，为搞好扶贫工作，陇南市委市政府最大限度地整合了各级各类帮扶资源，省、市、县三级 1262 个单位分配到全市的 2336 个行政村、1707 个贫困村进行帮扶，实现了帮扶队伍全覆盖。

山背罗湾人对电视上报道的数字不是很感兴趣，但对如今的乡村面貌却深深地感叹。今昔对比，说一句良心话，他们自己都没有想到好日子会来得这么快，“住新房、走大路、照电灯、水富裕、电话在身、手里有钱”的生活状态，曾是他们梦里常常出现的场景。如今，除了“水富裕”这条还未实现外，其他的都已经真真切切地走进生活中。不知怎么搞的，山背罗湾人从电视里看到的东西越多，心里就越空寂得厉害。他们也知道，自己住的这高半山，没办法和山下任何一个村庄相提并论，但心底深处时不时滋生出的那一丝不甘和委屈，却压也压不住。“还真是人心不足蛇吞象啊！”每一次，当这种不甘和委屈冒出来时，他们总是借用从电视上听来的这句话，责怪自己，并在心里告诉自己：还想要什么？这么好的生活，知足吧！

秋末冬初，山背罗湾人期盼已久的自来水终于拉到家门口了。拧开阀门，就有清澈的水哗哗哗地淌出来，那响声，山背罗湾人说是世界上最好听的一种声音。再也不用天不亮就去几里路之外的山泉边排队抢水，不用为干旱时节抢不来水而犯愁。至此，山背罗湾人吃水难的时代过去了，自来水的新时代正式开启。水是万物之源、生命之本，山背罗湾有自来水了，大家的生活又向前迈进一大步，他们对未来的生活又有了许多美好的期许。

有的老人像娃儿们一样，把嘴伸在水管下面，咕咚咕咚几口清凉的自来水从喉咙里咽下去，浑身都觉得通畅了。从来没有见过这么干净这么流畅的水，还是在家门口，多么好！娃儿们当然更激动，这么多年，他们连脸都没有好好洗过，每一次都是等大人们洗完，水变黑之后，才把脸擦一把。现在好了，可以痛快地洗个头、洗个澡，以后每天都有干净的水洗脸了。娃儿们兴奋地端着盆子去水管前接水，起初还小心翼翼的，担心把水洒出来，时间长了，看着水管里源源不断地流下来的水，便忘乎所以地玩起来，水洒了一地。这下家中的大人怒了："你们以为有自来水就可以随便浪费了？人要有良心，要知道感恩惜福，山背罗湾这么高，从山下把水抽上来，不知要费多少事儿，花多少钱，浪费一滴都是罪孽，如果不爱惜，保不准哪一天管子里的水乏了累了，耍脾气了，不想到山上来，就又回到没水吃的年月，到那时像你们这些浪费水的人就是山背罗湾的罪人，大家的唾沫星子会把你们淹死！"

要搁在其他事情上，大人们这般唠叨，娃儿们即便装作认真地听着，也是左耳朵进右耳朵出，但关于浪费水这件事儿，大人们的话把他们吓住了。是啊，这么高的山，这么远的距离，水跑上山来，不知经历了多少艰难险阻，真是太不容易了，以后一定要节约再节约，那种没水吃的日子太可怕了。你看，拉上自来水的山背罗湾，空气仿佛都变得湿润起来，迎面遇上的每张脸，看起来都比以前白净光滑了许多，就连老得快要睡死过去的豆新华老人也有了大的变化，不但粘在眼角的眼屎不见了，那张沧桑粗犴的脸上也有了一丝红润之气。

九　生活的苦与乐

有电灯、有大路、有自来水、有钱挣的山背罗湾人觉得时间像天上的飞机一样，才听到轰隆声，还未仔细看一眼，就唰的一下跑得无影无踪了。当这一切美好在日常生活中落地生根，逐渐被人们当作一种理所当然时，上一个四季不经意间已转完，第二年，也就是2017年的春天来到了眼前。这个时候，山背罗湾村已是甘肃省政府办公厅的帮扶点，办公厅的何旭同志被派到村里担任驻村帮扶工作队队长兼第一书记。

山背罗湾人发现，自从何队长来到山上，村里的精准扶贫工作做得更细致了，帮扶力度在不断地加大。为了方便开展工作，何旭和帮扶工作队全体队员克服种种困难，时常到贫困户家中了解他们的生活情况，下到地里帮助孤寡老人干农活，并及时上报帮扶工作的各种表册，迎接各类检查。一段时间之后，山背罗湾村的帮扶工作有了更大的起色。

拆危治乱是美丽乡村建设工作中的重要环节，也是脱贫攻坚的重中之重。为了把这项工作做实做好，同时完善“扶贫手册”“一户一策”的填写，何旭带着队员吃住在村上，与杨争海等几位村干部一起挨家挨户进行调查登记，查看现有的住房，详细询问一年的收入和支出，以及家庭成员的健康状况，翻看惠农折子上的资金落实情况。何旭说，山背罗湾村拆危治乱的第一步就是给贫困户改造或重建房屋，这涉及一次性的补助资金，而且相对比较多，但名额有限，所以一定得把最需要帮助的贫困户列进来。事实上，凡是涉及到户资金的事情，帮扶工作队一直都是慎之又慎的。

山背罗湾的大多数人勤劳、淳朴、善良，在过去的艰苦岁月中，大家相互怜惜相互帮衬，就像长在一条藤上的苦瓜，一路结伴而行，走过风霜雨雪，走过高山阻隔，一起见证一件又一件改变大家生活的好事情，直到迎来今天的这种盛况。对，在山背罗湾老人们的眼里，大伙儿眼下的日子用“盛况”形容绝对正确。虽然村子里没有之前热闹了，特别是遇上红白喜事，能帮忙的人实在太少，但是与好光景比起来，这一切都不算什么。一部好看的电视连续剧或者能上网的手机就是陪伴，可以让追剧、刷抖音的人白天黑夜坐在家里不出门也不觉得无聊。村里有人过世，虽然出力的人少了，但最后还是能让亡人入土为安。遇上喜事情更好张罗，大多数人家已经不在村里摆酒席，直接承包给山下的饭店，从头到尾办得喜庆又时尚。这样的日子，是山背罗湾人盼了多少年才盼来的，谁都觉得安逸、幸福。

不过，生活有它的两面性，只要处在一个圈子里，就逃不出是是非非的干扰，山背罗湾人也一样，时不时就会遇上一些烦恼和糟心事，让本该平静的生活泛起一阵一阵的涟漪。这个春天的山背罗湾就因为一件事情，气氛沉闷得让人窒息。这得从村里落实危房改造的补助资金说起。

驻村帮扶工作队和村委会全体成员经过一段时间不辞辛苦的全面核查，又多次开会评议，最后核定了享受危房改造补助的贫困户，并在村委会的墙上张榜公示。

许多人站在公示榜前面看一看，心里权衡一下就过去了。只是人为财死，鸟为食亡，何况还是从苦日子过来的农民，没有享受上政策的人怎么可能都没有意见。有的人心里不平衡，抱怨一下，过过嘴瘾也就罢了。有的人不愿意，缠着村干部和帮扶工作队讨说法。榜上有名，享受几千元维修费的部分贫困户也不愿意，说自家房都没法住人了，为啥就列不到拆旧建新的那一块去。享受上拆旧建新的贫困户，又说政府补助的两万元根本盖不起一座新房子，而他们再拿不出钱来贴补。总之，村子里出现了很少有过的生分，村委会里也是人进人出，上访的人各说各有理。何旭他们几个人耐心地向来访群众解释，有些人根本不讲道理，胡搅蛮缠得厉害。好在杨争海、李让安、李谢选他们在村里很有威信，对村民们很了解，该劝就劝，该骂就骂，提前商定好的事情坚决不变。他们说："农村的工作就是这样，众口难调，有利可图的事情谁看着都眼馋，没有享受上政策的农户有意见再正常不过。相比较而言，我们山背罗湾多数人还是很厚道的，基本没有'刁民'，那些有意见的人听了我们的解释，心里的不平衡慢慢也就过去了，等下一次再有什么补贴的机会，就向他们倾斜。"

何旭来到山背罗湾的时间虽然不长，但自从他进驻这个村，对工作十分上心，对村里的人和事早就熟悉了。就像村干部所言，山背罗湾多数人很厚道，终极目标就是把自己的日子过好。只不过一双手伸出来十个指头都有长有短，何况是有思想有欲望的人。而且，随着工作的深入，何旭和他的队员们都觉得农村工作说简单也简单，说复杂又很复杂。现在国家对农村的政策好，许多人认为农民只要勤劳肯干，就不会被好日子拒之门外。事情还是有例外的。如果遇上山背罗湾这个偏远落后的小山村，或者遇上特殊的生命个体和天灾人祸呢？比如身体残疾、患大病等等，那他们所面临的困难就不是勤劳肯干能解决的。面对这样的生存现状和遭遇，会让人情不自禁地对生命生出一种敬畏和悲悯。正因为如此，在帮扶工作中，何旭他们想要给予这类人更多力所能及的帮助，想要为山背罗湾真正干一些实事。这次危房改造补助资金所涉及的贫困户，是按照

“公平、公正、公开”的原则筛选出来的，所以何旭他们不怕群众来访，只要给予合情合理的解释，相信有意见的村民慢慢都会理解。

十 老人的心事

山背罗湾两面坡上长得最多的是野桃树，品种繁杂得分不清，大家便把开花早的叫水桃花，晚一些的统统称作山桃花。一到春天，水桃花、山桃花像赶集似的谢了一波，又来一波，山背罗湾也因为这些桃花的怒放而变得美艳撩人。时光流转，四季交替，这不，山背罗湾又走回春天了。阳光和煦的正午，站在村前的大路上放眼看山背罗湾，宁静又温暖，就像躺在蓝天上的那朵莲花状的白云，安闲自在得让人不舍得移开目光。山坡上一树一树的山桃花挤挤挨挨地盛开着，粉粉的颜色，再披上一身明媚的阳光，满树的花儿看起来更加明艳，只一眼，哪怕再坚硬的心可能都会被触动，瞬间变得感性起来。难怪雪小禅会这样说桃花：“一开就泛滥，一开就艳到荼蘼，一开就无羞无耻。”

见识过山背罗湾桃花盛放的美景，再看那其乐融融的田园景象：六七个学龄前的小娃儿在路上跑来跑去地玩耍；路旁一块大石头上围坐着三四个怀抱婴儿的年轻媳妇；一侧是几户人家的菜园子，有人在栽菜苗，有人在浇水；路下的卧牛田里，两三个闲不下来的老人在种玉米；不远处的山坡上，几头牛低头专注地啃着鲜嫩的青草，旁边有人挥动镰刀一边割草，一边随意哼着说不上什么调的曲子。

春天的山背罗湾，俨然一幅景美人好的田园风光水墨画卷，任谁看到，都会想到“岁月静好”这个词语。

已过90岁高龄的豆新华老人吃完午饭，从家里出来慢悠悠地向大路口走去，和平时一样，他身后跟着一个尾巴，那是他的孙子豆争光。老人那双被皱纹挤压成细缝儿的眼睛，乍一看好似睡着了，其实还是看着路的，他向前移动的脚步很小心，遇着石头之类的障碍物，就会绕开走。踩着老人脚印往前走的豆争光腋下夹着一个厚厚的草垫子，目光呆滞，看起来傻里傻气的。事实上，豆争光的脑子确实不灵光，说话呜呜啦啦的不清楚，可精明好强了一辈子的豆新华最怕别人说他这个孙子的闲话。也是的，豆争光除了那样的缺陷，劳动出力没一点问题，但他不能像其他年轻人一样出去打工，只能留在家里。平日里豆争光最听爷爷的话，老人出门溜达，他只要没去坡上干活儿，就一定会陪在老人身边。老人年纪大了，越来越不爱动弹，只有天气好的时候才出去见见阳光，看看大路。

爷孙俩走到大路上，路边的年轻媳妇看到他们，都“豆爷、豆爷”地叫着，旁边的小娃们则喊着“太爷”。豆新华努力睁了睁眼睛看向他们，一声声答应着。然后，他又把目光转到山坡上，静静地望着那几头吃草的牛。这几年，山背罗湾外出打工的人一年比一年多，种庄稼的人一年比一年少，农家人曾经最重要的生存伙伴——牛，没有用处了，几乎都被卖掉；大路修通，毛驴、骡子也用不上，去了它们该去的地方。现在，整个山背罗湾能看到的牲口就山坡上的那几头牛。豆新华种了一辈子的地，与牲口相处了一辈子，他只要闻到泥土的味道、听到牲口的叫声，心中就觉得格外舒坦。如今，在村里几乎听不到这种熟悉的叫声了，山坡上的那几头牛是豆新华唯一的念想，每次看见它们就像遇见了亲人。

豆争光把草垫子放在靠墙的一块大石头上，支吾着让站了好一会儿的爷爷坐下来，自己也就地坐在了旁边。豆新华缓了一口气，又用眯成一条缝的眼睛盯着路下的玉米地，摇了摇头，低声自语道："一辈子就这样完了。"他这是触景生情，又记起那些年自己在地里耕种的过往了。

山背罗湾上了年纪的男人曾经都是种地的好手，豆新华更是好手中的好手，他靠着几块卧牛田的收成，硬是把四个儿女都拉扯大，在村里光棍汉队伍不断壮大的那些年，还给两个儿子相继娶上媳妇，另立门户，又有了几个孙子，这是很让大家高看一眼的事情。现在，豆新华和老伴跟着其中的一个儿子过，一大家子 8 口人，看着人丁兴旺，实则是老的身体不好，小的要么身体残疾，要么在上学，日子过得很难肠，精准扶贫开始，他家就成为村里的建档立卡贫困户，享受着各种扶贫政策。山背罗湾的贫困户占了全村的一大半，谁也不用笑话谁，但豆新华的心里就是结了一个疙瘩，觉得愧对祖宗，又欠了政府。他知道自己年纪大了，这个疙瘩是无力解开了，只能像其他人一样接受政府的各类补贴和救助，再尽量让家里人好好干，争取能如期脱贫，不拖村里的后腿。

豆新华心里还有一块最大的心病，是关于豆争光的。像孙子这样的人，豆新华不敢奢望他能成家。山背罗湾那么多身体、智力健全的年轻人最后都成了光棍，豆争光这类“重点人群”还能有什么指望。山背罗湾现在确实发生了大变化，可是毕竟在高高的山上，和人家山下相比，错的不是一星半点，再加上豆争光自身有缺陷，找媳妇那是想都不要想的事情。山背罗湾的大路修通，是比以前方便了，但山上山下的距离放在那里，生活中遇到的有些事情还是会让人很无奈。

杨艳强的母亲近两年身体不好，去年冬天病情加重，在外打工的杨艳强只好回家照顾，村里的大夫让把老人送到县医院做个全面检查。下山已经不是什么难事，杨艳强陪着母亲坐车去了县城。结果，母亲晕车厉害，看了一趟病回来，折腾得比原来还严重了。可能是长期生活在高山上的缘故，山背罗湾很多老人都害怕坐车，头疼脑热之类的小病，村医就给治了，遇上治不了的大病，想送县城就有麻烦了。李付红她妈前段时间心脏上出了毛病，准备第二天送她下山去看病，结果一说坐车的事情，老人当场就吐个不停，死活再不愿意去。打工回来的一位年轻媳妇说这叫“心理晕车”。好在后来村医给配的中药把病情稳住了，但这种病随时都会发作，还得去大医院做系统治疗，李付红很是犯愁。“如果住在山下，这两个老婆子就不用遭那么多罪，病也能得到及时有效的治疗。”陷入回忆的豆新华心里这样想着，又觉得自己老糊涂了，变得贪心了，净想一些不着边际的事情。

坐在旁边的豆争光突然起身，跑到路下的玉米地里，抢过主人手里的镢头，替人家挖起了地行子。只听主人向豆新华吆喝：“争光就是爱干活。”豆新华没回应，心里却很欣慰，孙子是脑子不灵光，但幸好胳膊、腿健全，有一身力气，给谁都舍得出，以后不愁他会饿肚子。

在山背罗湾，种地已经成为辅助，除了近处水肥比较好的地里还种着庄稼外，那些陡一些的卧牛田里长的不是药材，就是花椒，这些东西栽种下去，前期不用花费太多的精力和劳力，隔段时间管理一下就可以。因而，留在山背罗湾的人闲时间便多起来，他们没有睡午觉的习惯，天气好的时候喜欢在大路口溜达。这会儿就不断地有人走过来，坐在豆新华老人旁边闲扯，路上路下干活的一些人也围了过来，你一句我一句地说个不停。村里新近发生的就那么些事情，他们说着说着，便扯到了危房改造补助上。对这件事有意见的人显得很激动，话一出口很不中听，旁边的人也跟着起哄。

豆新华老人听着身边的吵嚷声，皱在一起的眉头蹙得更紧了，他把枯瘦的身子直起来，盯着那几个说话很难听的老婆子老汉大声咳嗽一声，那几个人赶紧都闭了嘴。豆新华的为人山背罗湾人很清楚，他向来不喜欢别人在背地里嚼舌根，那一声咳嗽是表示对他们的不满。豆新华又把身子歪靠到墙上，说：“我在这山上生活快 90 年了，原来过得啥日子，现在又是啥日子，都一一经见过，相信大家和我一样，心里都乐呵着呢。想当初我们的先人为逃皇粮躲到这山上，才有了山背罗湾，一代一代又走到了今天。通电、修路、拉水这些大事情，没有政府，靠我们山背罗湾人怎么可能实现。大家看看，现在我们享受的啥待遇，‘皇粮’免了，政府还给发种地补贴；几乎各家都享受上了低保；看病住院国家按比例报销；上了 60 岁能从政府领取养老金；家中有像我们争光这类的重点人群，还给家属发护理津贴。大家说这已经够好了吧？自打精准扶贫实施以来，好事一件接着一件，政府不是送钱送物，就是免这免那，眼下给村里又发展上了产业，这样的日子在过去连想都不敢想。我一个快入土的老汉，还能亲眼看到这些，真是有福啊。阎王爷招我去地下报到的日子也不远了，我如果去了，遇上你们的先人，我要好好地给他们讲一讲现在的山背罗湾，让他们也跟着乐呵乐呵。”豆新华打了一个呵欠，又说：“人要惜福，要知足，不能为一些蝇头小利伤了邻里之间的和气，政府派来的干部做事自有道理，我们大家得配合他们的工作。人家与我们无亲无故，为了工作来到这里，听到谁家有困难了，能帮就帮，帮不了的想尽办法到镇上、县上给争取救助。谁家有人需要去城里看病，他们动用私人关系帮忙联系医生。谁家娃儿上学遇到困难，他们主动找关系，帮着给解决。现在，为了政府给的修房补助，我们就给驻村帮扶工作队和村干部出难题，自己人窝里斗，也不怕人家笑话，真是把我们山背罗湾人的脸都丢尽了。”

豆新华说完这番话，又端端地靠在墙上，一动不动的。在场的人都瞅向他，没人开口，但面色各异。这次的危房改造，豆新华家也没享受上任何补助，他儿子心存不满，要去村委会里讨说法，被豆新华狠狠地骂了一顿。其实，享受危房改造补助的贫困户名单刚张榜公示的那会儿，有很多人在闹腾，经过帮扶工作队的耐心解释和动员，多数人已经接受公示结果，个别心里有怨气的人也没再找过工作队。这会儿凑在一起，又说起此事，怨气还压在心里的人就是想找机会发泄一下，没别的意思，人家拆旧建新户和维修户都已经准备好材料，即将开工了，他们再闹腾还有啥用。山背罗湾的大路修通，只要花钱，就有车把建房用的各种材料送上山来。不过，不管是维修还是重建，都需要人手帮忙，到时候还不是他们这些人。这会儿，听完豆新华的一番话，他们憋屈的心好像一下子敞亮了，细细回想一下榜单上的名字，如李小全、李付红、杨艳强、杨巧同、权新学、豆徐学、王志先、杨奇智这些人，确实都是比自己有条件享受补助的人。

60 多岁的李小全，干了一辈子的农活，这几年身体出现毛病，再不能像以前那般出力劳作了。他老伴还患上了慢性病，需要常年吃药，两个儿子在外面打工，三十好几了都没有成家，全家人至今住在 20 世纪 70 年代修的三间土坯房里，虽说房子在汶川大地震期间维修过，但治标不治本，现在那房子外观破旧不说，还存在随时倒塌的危险，如果真到了这种地步，那他们全家就无处可去了。

杨艳强家祖孙三代共 10 口人，一直挤在又黑又破的四间土坯房里。前几年杨艳强出去打工，家里生活还过得去，自从两年前她母亲患过一场大病后，身边离不开人照顾，她只好辞工回家。一大家子人突然少了一份收入，又增添一个需要长期服药的病人，连过日子都作难起来，哪里还有改善现有住房的能力。如果不把他们家纳入危房改造补助对象，那山背罗湾的村容村貌就会长期存在一处漏洞。

李付红家是上有长期卧病的老人要侍候，下有几岁的娃娃得照看，她们两口子不能像其他年轻人一样去外面打工，只能在县城里打打零工，以维持家用。全家人现在住的土坯房在山下人眼里就是“牛圈”，这是来山背罗湾的山下人不经意间说出口的。也不怪人家口无遮拦，那是实话实说。公示榜上的杨巧同、权新学、杨奇智他们几家人的住房，又有谁家的不像“牛圈”呢？

沉默了半晌的豆新华老人突然又说道：“要说发补助，山背罗湾家家户户可能都需要。生活在这高半山，就是靠打工挣了点家底的人家，生活再好又能好到哪里去？可是，政府给村里的指标有限，不能全部照顾，只能从差中找最差了。这次没有享受上补助的人就不要再埋怨了，过去那么苦那么穷的日子都熬过来了，现在还怕啥?”

是啊，现在还怕啥？曾经想都不敢想，只能在电视里“望梅止渴”的事情一件一件都变成了现实，世道这么好，好人又如此多，山背罗湾现在是大路通天，好事接二连三，以后大家的生活只会更美气。

山背罗湾人都是直肠子，心中的疙瘩易结也易解，凡事只要释怀就过去了。就像此时，那几个先前义愤填膺的男女这会儿已经面带笑容，毫无芥蒂地在人群里说着其他事情了。

有些家里不是贫困户的老人看见人家享受这享受那的，心里很不平衡，就在电话里给打工的儿子发牢骚。那些在外面打工的年轻人这几年到底是长了见识，心底变得开阔起来，他们对老人说，别眼馋那些贫困户，再过上一年半载，等咱手里头的钱攒够，就把家中的“两层楼”翻修成真正的一砖到底的两层楼。还有些年轻人，甚至都想着要在山下买块地基盖房，全家搬离山背罗湾。老人们听儿子这么一说，心里一下子就畅快了，毕竟生活是自己的，有人帮是好事，没人帮就靠自己，有手有脚的，自己干出来的用着才踏实。

石有地就是这样在电话里给老石说的。

要问现在山背罗湾谁家存折上的钱最多，大家十有八九都会说是老石家。早先，老石为了给石有地娶媳妇，曾拼尽全力地干活，拼尽全力地攒钱，但石有地的婚事颇为曲折，两次三番的半路夭折，年龄越来越大，眼看着就要走入山背罗湾老光棍的队伍了，幸好他顺应时代的潮流出去打工，不但解决了自己的人生大事，还把弟弟也带了出去，没出两年，弟弟娶了一位家境不错的兰州姑娘，小日子过得很顺溜。而石有地自己，在新疆、兰州两个地方辗转做工，只要能挣钱，他什么苦活累活都干。媳妇五年内给他生了两个大胖小子，交给老石老两口照看，自己又跟着男人出去了。一出去就是这么多年。如今，由爷爷奶奶抚养的两个儿子都长大了，小的在村里上小学，挺乖顺的；老大小石头 15 岁，和村里的几个娃娃一起在镇上租房上中学，除了学习成绩不好之外，倒没多少大毛病。10 岁那年，小石头不但经常逃学，还偷家中的钱买烟抽，老石狠狠地教训了他，并警告老婆子再不能宠着他，老两口开始对小石头严加管教，总算是把他引到正路上来了。小石头自己说他不是一块读书的材料，决定年满 18 岁就去当兵。关于这一点，石有地两口子举双手赞成，但老石不同意，他说这些年当兵回来的又不分配工作，部队混上几年还得回到农村，不如早点出去打工，早点成家好。还有，虽然是和平年代，但国家遇上大灾大难，当兵的就得义不容辞地去救灾，像 1998 年的南方水灾、2008 年的汶川大地震，跟扛枪上战场没啥区别，小石头如果去了部队，保不准会遇上这些事，还是不去的好。小石头对这样的爷爷很嫌弃，觉得他太没有爱国心了，如果每家的大人都像他这样想，不愿意让自家娃儿去参军，那再遇上大灾大难，谁去救？有国才有家，男子汉就应该保家卫国！老石说小石头是咸吃萝卜淡操心，国家那么多人，多一个兵少一个兵没关系，遇上事了有大个子在那儿顶着呢，但山背罗湾的老石家如果少了他这个小子，家就不像家了。小石头不想再和爷爷浪费口舌，反正他的决心已定，只要能去部队，他发誓一定要干出一番名堂来。只是小石头眼下很苦恼，现在是知识为上，科技当先的时代，部队在这一方面的要求也越来越高，高中毕业才有资格应征当兵，大学生都争先恐后地去当兵，他这个拿起书本就头疼的学渣连考高中的想法都不敢有，可怎么办呢？心中的苦恼小石头对谁都没有说过，他想从现在开始为了当兵的理想，在学习上多下点功夫，这也是老师、同学们发现小石头突然变得用功的原因。但远在外地的石有地不知道，住在山上的老石也不知道，他还等着大孙子初中毕业就出去打工，帮他老子一把，早点把一砖到底的楼房在山背罗湾撑起来呢。

老石在电话里听到石有地说明年准备盖一砖到底的楼房，心里头非常高兴。这段时间，眼瞅着村里的贫困户享受这优惠那资金的，而自家不是贫困户，啥都享受不上。这次危房改造，村里好些贫困户因为得了折旧建新补助，都准备盖新房，这样一来，他们家那曾经在全村很显赫的“两层楼”就落后了。想起这些事儿，老石的心里头没有怨气是假的，却又不愿意让村里人小瞧他，这会儿听了豆新华的话，老石开口就把石有地计划盖砖房的事情当着大家的面说出来了，最后他还说出了一个自己的心愿：新房盖起来，早点给小石头娶个媳妇回来，他这辈子就算功德圆满了。

坐在老石身边的杨老汉突然想起他之前在家里听到的话，便对老石说："你想得好，不见得小石头就会顺你的意，人家铁心要去当兵，上个周末他到我家来，还问我大孙子考高中的事情。听说现在当兵要高中毕业，小石头就想好好学习，准备考高中。"

老石一愣，鼻子里"哼"了一声说："他能考上高中？自己的娃儿几斤几两旁人不清楚，我还能不知道？要不是九年义务教育，他连初中的门都踏不进去，现在是让他在学校里混个年龄，等成人了就跟着他老子去打工，然后能顺利娶上媳妇，我老石家便谢天谢地了。"

"老石，你这想法不对，只要小石头自己愿意好好念书，你们就该支持，现在又能供得起。你看我那孙子，老师说只要他保持现在的学习成绩，将来准能考上好大学。"杨老汉眼睛瞪着老石说。后面来的李老婆子也和杨老汉一个腔调，把老石说教了几句。

杨老汉的孙子在城里上高中，说是学习很好。山背罗湾还有一个和他同班的娃儿，就是李老婆子的孙子，学习也很努力。两个娃儿的目标都是考上大学。因为家中都有高中生，杨老汉和李老婆子现在很有共同语言。其他老人平时说话三句不离儿子媳妇在外面打工的事情，只有杨老汉和李老婆子爱说自家在城里上高中的孙子，夸赞了又夸赞。有时候旁边人听烦了，会不屑地说："等将来考上大学才算数，考不上，钱就白花了。"这两个人也不恼，过一会儿又会把孙子夸上两句。

其实，山背罗湾的老人们在心里对杨老汉和李老婆子的孙子很羡慕。山背罗湾历来就没有几个读书好的娃儿，原来受地域和家庭经济条件的限制，读完小学，能去镇中学混个初中毕业证的都算是好学生。曾经也有人家想供娃儿去县城上高中，但自从明娃子的事情之后，想都没人再想了。这两年，山背罗湾各方面条件慢慢变好，去镇上、县城上学的人渐渐多起来，但至今村里还没有出过一个大学生，如果杨老汉和李老婆子的孙子都考上大学，也算是把山背罗湾的村风给扭转了。

第五章　看今朝，日月同晖

一　化马山上的高速公路

山梁上的桃花落尽，毛茸茸的小果子在繁茂的绿叶间往外张望时，山背罗湾又有大事发生了。这件大事，太出乎所有人的意料了。所以，起初即使亲眼看到，大家也觉得很不真实，常常有一种在梦里的恍惚之感。

山背罗湾人每天站在村前的大路上朝山下看，推土机、大卡车和人组成的劳动场面，那么和谐那么生动，就连机器发出的巨大噪声好像都是给化马山唱响的一首歌，铿锵有力，催人奋进。

大家看着看着，时间不长，一条宽阔平整的水泥公路出现在视野中。这条公路自山下盘旋而上，一路披荆斩棘、跨沟越梁，雄赳赳地直通山背罗湾。它就像缠绕在化马山上的一条银链子，即使在没有阳光的阴暗天气里，也会闪亮山背罗湾每一个人的眼睛。

这是一条真正的大路，一条能让两辆车并排行驶的水泥公路。为了尽量减少弯道，降低坡度，这条路并没有沿着原来那条土路的轨迹行进，而是另辟蹊径。政府在这条路上所耗费的人力、财力，山背罗湾人无法想象，他们只看到，这条路不但宽阔又平整，而且与山下的距离缩短了很多。外出打工的几个年轻人第一次沿着这条大路回家，激动地用手机拍个不停，发朋友圈时还特意用文字表述了一下当时的心情：“从来没有想过，有一天我们山背罗湾也会有‘高速公路’。”自从用上微信，他们会发个朋友圈，但仅限于直白的图片，这一次，却觉得几张图片不足以表达心中的喜悦，怎奈腹中无墨，也就只能写出这么一句话了。

这几个年轻人说得没错，在山背罗湾人眼里，化马山上的这条公路就是他们生活中的“高速公路”。山下人说山背罗湾人这下好了，想赶集，一天走几个来回都不用摸黑。

也许是以前的日子实在太苦了，面对眼下的一切，山背罗湾人常常会热泪盈眶，他们都是朴实的农民，不善言表，但内心的感激之情却是真挚而炽热的，尤其对全心全意帮助过他们的人。因为他们知道，化马山上的这条“高速公路”，是宕昌县脱贫攻坚的成果。

这条路从开建到通车，前后不到三个月时间。无论白天黑夜，机器一直在运转，修路的工人一直在劳作。开凿，挖土，搅拌，铺路，碾压，平整。众心凝聚，众志成城，短短三个月时间，“高速公路”就从山下通到山背罗湾了。许多人都说，这条“高速公路”像是被天上的神仙搬到化马山上的。

人间哪有什么神仙啊！世上的一切美好都是人带来的，尤其进入21世纪，在以人为本，科技当先的盛世中国，一切美好的事情皆有可能在老百姓的生活中发生。只不过，享受美好的人大多不知道制造美好的人到底付出了多少，才会有眼前的一切。

2015年以前，化马山上只有一条羊肠小道，山背罗湾千十号人一直就靠那条路背上驮下，讨生活度光阴。2015年，化马山上的大路修通，山背罗湾人的脊背从此直起来了，他们觉得老天爷还是怜惜山上人的。现在是2017年盛夏，才短短的三个月时间，一条比212国道还要宽阔的水泥公路就进入山背罗湾人的生活。面对突然落下来的大喜事，山背罗湾人起初都不敢相信，以为是在梦境里。山下人也在相互询问：山上人这是时来运转了，怎么接二连三的好事儿都找上他们了。

山下人这话问得有些惹人嫌，是典型的自己吃肉，给别人连骨头都不想给的节奏。事实上，山下人只是随便说说而已，这两年，他们同样得到了政府的大力扶持和帮助，现在的生活并不比城里人差，所居住的村庄也变得美美的。他们之所以那样说，是觉得政府太厉害了，海拔1900多米的山背罗湾都能修通公路，那以后好好听他的话，跟着他的号召做事情，一定会把日子过得更加红火。

山背罗湾人厚道又简单，才不管山下人说什么，他们只关心发生在山上的事情。

精准扶贫工作开展以来，宕昌县成为甘肃省政府办公厅的帮扶点，省政府主要领导在开展调研的过程中，亲眼看到山背罗湾人艰难的生存环境和贫困的生活现状，于是省、市、县各级政府齐心协力修成了这条让山背罗湾人心灵震撼的公路。公路通行之日，来了许多公家人。山背罗湾人远远地看着他们，双眸里盛满了感动和感激。前段时间，这些公家人不断地来到山上，不是去各家各户的屋里查看，就是在山梁上转悠。帮扶工作队的人说他们是省、市、县的主要领导，来山背罗湾检查扶贫工作。大家觉得奇怪，一个小小的山背罗湾，怎么就惊动了那么多的大人物呢？大家还私下里开玩笑说，山背罗湾是不是发现宝藏了。一众公家人中，县上几位领导的面孔，山背罗湾人还是认识的，这得归功于电视，宕昌县新闻里经常出现他们的身影。大家再回想这段时间，县委书记好像是来山背罗湾次数最多的，前段时间他还去了村里几户长年卧病在炕的老人家里，当场给了慰问金，并嘱咐帮扶工作队的人一定要对这些老人多给予关心和帮助。宕昌县委统战部的那位女部长，应该是两河口镇老百姓见得次数最多的县级领导，自从她联系上两河口，就经常带领镇领导深入当地的村庄，了解民情，解决困难，发展项目，为老百姓办了很多实事。这其中自然包括高半山的山背罗湾，这里的人大多都知道她是一位说话果断、办事效率高的女同志。

来山上的人太多了，即使不知道名字，他们的样子也被山背罗湾人记在心中。大家因此而清楚，像银链子一样的公路在修筑之前，许多人就已经在为它奔波操劳了。除了为修公路、为扶贫工作来到山背罗湾的这些公家人外，还有一拨人也开始在山上日夜忙碌，他们由官鹅沟大景区的负责人带领，站在比村子更高的地方，向下俯视，好像在规划、测量着什么。山背罗湾人看到了，以为他们在观望新修的公路。

村前有了一条宽阔的公路，山背罗湾的老人们再聚集唠嗑的时候，地点就由土路移到了水泥公路的旁边，那里有一个属于村集体的大场，视线开阔，能看到大路上来往的人和车，还能俯瞰山下的样貌。大场的一侧长着一棵老槐树，树体高大，枝冠开阔。它也是山背罗湾唯一的一棵老树，豆新华老人说，他出生的时候这棵槐树已经长在那里了。每年初夏，老槐树上都开满洁白的槐花，村子里那些难闻的异味会被槐花浓郁的香气挤得无影无踪。这时候，山背罗湾人会想，老槐树怎么就不能一年四季都开花呢？

只要闲下来，山背罗湾人就会坐在大场里，像曾经注视那条大路一样望着宽阔的公路说说笑笑。现在，他们再忆起过去的苦难，已经没有了那时的悲伤和忧虑，言语间全是对未来的设想。有时候大家即使不说话，安静的气氛里也流淌着幸福、知足的味道，不过这样的时候很少，大多数老人爱叨唠，不习惯沉默，所以大场里每天都很热闹，有时候大家说得高兴，还会怂恿会唱岷县花儿的人来上两段：

月亮出来尖角角儿，照住月亮扎兜兜儿，上做云来下做雾，再做喜鹊闹梅树。

娘娘庙里木香呛，先给天上玉皇唱，叫把轻风细雨落一场，把四路八乡的庄稼长，斗价塌者三分上，坐着吃肉喝酒滩子上，穷娘娘们一搭儿喧一场。

即使公路上有车开过，眼前也不会再有尘土飞扬，这又让山背罗湾人好好地感叹了一回。他们何曾走过这样的路啊，一直是泥里来土里去，突然就有了这雨天不沾泥，晴天不扬土的公路，踩上去差点都不会迈脚了，身子轻飘飘的，仿佛行走在云端。他们还听说，这个大场要修建成文化广场，就是带有健身器械的那种广场。前后亲身经历过几件大事，山背罗湾人都有经验了，凡是“听说”的事情，最后都会有变成事实的一天。眼前这条不曾听说的公路，不是也镶嵌在化马山上，成为山背罗湾人眼里的“高速公路”了。

危房改造的名单已经公示好长一段时间，村里早先闹腾的人也都安稳了，榜上有名的人家大多早备好料，但却都没有动工，说是驻村帮扶工作队的人让他们再等等，至于具体原因人家没说。于是，山背罗湾人私底下开始乱猜测，有的说政府可能看着山背罗湾脱贫没有希望，不想投入资金了；有的说村里的贫困户不好好配合扶贫工作，人家不想给他们补助了。这些话传到驻村帮扶工作队的人那里，他们在村民大会上告诉大家：宕昌县 2020 年年底全面脱贫，现在已进入脱贫攻坚的关键阶段，住房安全是脱贫的重要指标之一，山背罗湾张榜公示的贫困户房子都不达标，必须得维修和重建，政府现在还没有把补助款落实到户，是有原因的，至于什么原因，目前还不是公开的时候，请大家再等一些时日，说不定有更好的事情呢。

那就等吧。经过了这么多事情，山背罗湾人知道驻村工作队不会骗人。空闲时间，他们还是坐在大场里看着公路东拉西扯。阳光下，水泥公路在视线里闪烁着耀眼的光芒，大家只看着，浑身就充满了干劲儿。文化广场修与不修，在他们看来不是很重要，生活在高半山，政府把能做的事情基本都做了，房子重建的事情如果最后落到实处，他们就再无所奢求了，好像也想不出还需要什么，总不能让政府把各家的生活承包到底吧。

近一段时间，山背罗湾人看到精准扶贫的力度又加大了，他们还从中嗅出一丝不同寻常的气息，这种气息就像一团火，有将山背罗湾从头到脚、从里到外都烘暖烤香的熊熊态势。

二　喜鹊落在老槐树上

进入七月，山背罗湾正午的天空每天都蓝蓝的，飘浮在上面的白云就像调皮的小娃儿，一会儿一个姿态，不知疲倦似的。不过，它们再怎么千姿百态，也没有几个人抬头欣赏，天气太热了，尤其到了大中午，太阳像火球一样，把山背罗湾晒得发烫，如果没有什么要紧的事情，谁都不愿意走出家门，屋里还是比较凉快的。土坯房虽然不结实，但冬暖夏凉，每到严冬酷夏，山背罗湾人就很感念这种房子的妙处。

只有等太阳落下山，临近黄昏，凉风从山上吹过时，在屋子里闷了一天的人们才会走到大场上，聚在一起乘凉、拉家常。晴朗的夜晚，天空中要么是布满繁星，像一颗颗钻石，闪烁着深邃梦幻的光；要么是一轮或圆或弯的月亮，静静地俯视着大地上的化马山。被暴晒了一天的化马山睡着了，蟋蟀的叫声，各种鸟鸣声，轻轻吹过的风声，还有一些说不清的声音，在寂静的山上都显得无比清晰。这样的夜晚，多么美妙！不过，在大场里乘凉的山背罗湾人不在意这些。一年三百六十五天，他们每天面对的是这样的天、这样的地，并不觉得美在何处妙在哪儿。他们也抬头看天，只是看天上有没有云块出现。山背罗湾又是好长时间没有下雨，现在不用为吃水发愁，各家院边上就是自来水，但是这水也不富裕，还不能奢侈到用它来浇灌地里的作物、山上的草木。白天放眼望去，地里、坡上的绿色都已经耷拉着脑袋，没有一点精气神儿了。

哎，无论怎么变，娘胎里带来的东西是变不了的。住在这高高的山上，终归还是无法逃脱老天爷套在他们脑袋上的紧箍咒啊！

又过了几天，一个深夜，山背罗湾干涸的土地终于尝到了雨水的甘甜，尽管这场雨悄悄地来，又悄悄地去，并没有让失水严重的植物感到酣畅淋漓，但它们耷拉着的脑袋好歹算抬起来了，清晨的空气也变得清爽了几分。手脚灵便的老人赶紧走进自家的园子里刨挖起来。在山背罗湾的夏天，能遇上一场这样的雨水都是老天爷的恩赐。

“喳喳喳——”喜鹊的叫声突兀地在高空响起。听见的人抬起头，看到几只喜鹊从远处飞到大场的上空，过了一会儿，它们停落在老槐树上，“喳喳喳——”叫得更响了，连待在屋里的人都匆匆忙忙地跑出来看。“门前喜鹊叫，喜事要来到”，山背罗湾人绝不认为这是迷信，无数次的验证让他们坚信无疑，山背罗湾这两天肯定有好事情发生。会是谁家呢？大家开始在心里猜测。让他们没有想到的是，接连几天喜鹊都站在大槐树枝头叫个不停。场里玩耍的娃儿们问大人：“每天站在大槐树上的喜鹊是不是一样的？”

大人们瞅了瞅叫得欢快不已的小东西，眼睛一瞪说：“吃饱了撑得慌，尽想些没用的。走远点，不要把它们吓跑。”

喜鹊来报信了，山背罗湾人都在想这喜究竟会落在谁家，大家突然眼睛一亮，静静地盯着大槐树上的喜鹊看。于是，每个人都在心里认为叫得最欢快的那只喜鹊站立的方向是朝着自家的，心中不由得就生出了期许。还不等把这份心思想明白，山背罗湾人就接到了村委会让各家各户大扫除的通知，说是山背罗湾要来一位省上的大领导。化马山上的公路施工前后及这段时间，村子里经常来公家人，山背罗湾人已经习惯了，并没有把这件事和大槐树上的喜鹊联系起来，不过大家还是很听话地把家中卫生全面打扫了一回。与此同时，杨争海领着一班人马把村子里的角角落落彻底打扫了一遍，各家门前常年堆积的垃圾、土粪，路边的枯草、杂物都被清理一空。等各家各户把自家的卫生搞完，大家相继走出家门，看到像换上新衣服的村庄，一个个都赞叹不已，说是以后就要保持这种良好的卫生习惯。

上了年纪的山背罗湾人在生活中所表现出的传统观念很深厚，别的不说，就记录时间这件事情而言，他们一直习惯用农历。村里谁家的红白喜事，家里人的生日，他们记住的都是农历时间。但是，当山背罗湾人在喜鹊的叫声中，亲眼见到走进村里的时任甘肃省委副书记、省长唐仁健同志时，他们第一次随了年轻人的步调，记住了那天的公历日子——2017 年 7 月 19 日。因为，这一天，山背罗湾人的命运有了一个里程碑式的大转折，山背罗湾这块地方也将以全新的姿态站立在化马山上。

唐仁健同志是来调研脱贫攻坚工作的，山背罗湾这两个深度贫困村是他亲自主抓的扶贫点。

2017 年 7 月 19 日那天，化马山的天空依然很蓝，阳光还是那么炙热，唐仁健同志带领省、市、县的相关领导来到了山背罗湾。他们一进村，就一刻也没闲着，东家进，西家出，查看各家各户的住房，了解贫困户的收入和生活状况；与驻村帮扶工作队和村委班子的全体成员开会座谈，当场解决帮扶工作中存在的一些问题。山背罗湾人远远地看着他们，小声在那里议论：这么大的领导，操心着全省的多少大事情，竟然帮扶到了山背罗湾，还亲自带人来村里开展工作，全村人中也不知是谁烧高香了，才修来如此宽厚的福祉啊！

是啊，山背罗湾村太幸运了，山背罗湾人太有福气了。山下人都开始嫉妒山背罗湾人了，毕竟这么好的事情他们没有遇上。不过，更多的还是对山背罗湾人的祝福：在生活的苦难中煎熬太久的人，该是得到上天垂爱的时候了。

村子的帮扶人是省上的大领导，还面对面地见到了他，山背罗湾人只要一想起这些事，就难以抑制心中的激动和自豪。其实他们怎么也不会想到，这只是一个开端，自此以后，山背罗湾变成了一块名副其实的福地，山背罗湾人也时来运转，好事连连。

三　有心人，天不负

一方水土养育一方人。可是，当这一方水土养育不了生活在它怀抱里的子民时，又该如何是好？

2014 年以来，宕昌县委、县政府的众领导为了全县的发展和繁荣，一直齐心协力地从各方面做着工作，他们把这个31.04 万人的山中小城时刻放在第一位，抓住一切机遇，为民谋福利，为县求福祉。并取得了卓尔显著的成绩，很为老百姓所称赞。

只是，这个地处青藏高原边缘、岷山山系与西秦岭延伸交错地带的小县城，从一开始就没有得到上天的照顾，不但地理位置偏远，而且自然条件很差，这一切都成为当地各项事业向前发展的绊脚石。全县 25 个乡镇 336 个行政村，有多半处在偏远之地，还有一些坐落于高山之上，老百姓出行不方便，消息闭塞，农民除了依赖几亩贫瘠陡峭的山地讨生活，几乎再无别的出路。县上的许多领导看到老百姓被地域所困的生活处境都心急如焚，夜不能寐，总想尽快改变这一切。事实上，他们一直在竭尽全力地付诸行动。尽管以一县财政之力与老天设置的多面屏障做抗争，其困难可想而知，但他们总是想尽一切办法为这些处于困境的老百姓找出路。他们的心血和努力也在一天天地改变着宕昌县的面貌，尤其精准扶贫以来，全县挂上名的贫困村，都最大程度地享受到了政策和资金的扶持，再加上老百姓自己出去务工、发展产业等渠道，曾经的贫困人口多半已经摆脱贫穷，过上了连做梦都想不到的好日子，正以昂首阔步的姿态向小康生活迈进。只是个别村庄的发展还是不尽人意，因为地域的制约，即使把通村公路修到家门口，把各种惠农政策落实到位，但是不适应于人生存的自然条件永远无法改变，离乡镇、县城的遥远距离也不能完全缩短，这些都严重阻碍着当地村庄的发展，老百姓看病就医、娃儿们上学等方面依然存在着大问题。位于高半山的山背罗湾就是这样的现状。即使当地政府借精准扶贫的东风，最大限度地在这块地方实施了一系列的帮扶措施，使贫困户的收入有所增加，但无力改变的是他们所处的恶劣环境，而这又是阻碍老百姓向小康路上迈进的一座顽石。

按照国家脱贫的要求标准，首先要做到“两不愁，三保障”：不愁吃、不愁穿，饮水安全；义务教育、基本医疗、住房安全有保障。像山背罗湾这一类的偏远高寒村庄，老百姓这些年依靠外出务工的收入，“两不愁”问题完全解决了，但是“三保障”政策在老百姓的生活中却大打折扣。中国特色社会主义进入新时代，社会主要矛盾已经转化为人民日益增长的美好生活需要和不平衡不充分发展之间的矛盾。显然，像山背罗湾这类的村庄，即使解决温饱，收入增加，只要他们生活在高半山，就会一直受地域的牵制，真正的美好生活又从何谈起？宕昌县委县政府的一班领导一直在探讨、商议这方面的问题，迫切想要找到解决的途径和渠道。他们去农村的次数多了，时常会对那些深受地域之苦的老百姓生出悲悯之情，他们认为在精准扶贫的大机遇下，这些老百姓应该有更好的发展，在具体工作中，他们始终也是朝这个方向在不懈地努力和争取。

贫困不除，愧对历史；群众不富，寝食难安；小康不达，誓不罢休。

同步小康，一个都不能落下！

真扶贫，扶真贫，真脱贫！

习近平总书记的嘱托时刻鞭策着宕昌县各级领导的心。那些偏远高寒地区的老百姓现在虽然生活变好，但与美好之间还差着十万八千里，这让他们很着急，但以宕昌县的一己之力，许多有利于高寒地区发展的设想和蓝图根本无从实施。有心人，天不负！宕昌县成为省政府的帮扶县，山背罗湾几个深度贫困村成为唐仁健同志的帮扶点，他们的这些设想和蓝图有了更得力的支撑。

省政府的帮扶给宕昌县的脱贫攻坚注入了新的活力，而山背、罗湾两个深度贫困村也因为这种力量的注入，很快走向一条洒满阳光和雨露的康庄大道。

四　里程碑

山背罗湾人还沉浸在意想不到的喜悦中，又一重磅消息如春雷般炸响在了村子里：山背罗湾要整村搬迁到县城去！

起初，驻村帮扶工作队和村委班子给大家说起整村搬迁的事情时，没有一个人相信，大家只当是笑话，右耳朵听左耳朵出。那些危房改造户还等着补助赶紧发下来，他们好尽快维修或盖新房。何旭再次做解释说山背罗湾真的要搬迁到城里去，早在很久之前宕昌县就有此意，因为资金问题，一直未能实施，而唐仁健同志那次来村里，主要就是为了落实整村搬迁的事情。

何旭同志的话，山背罗湾人一直很信服，可是这一次，怎么觉得那么虚幻呢。

整村搬迁，还搬到城里去？

祖祖辈辈都生活在山背罗湾的人，怎么会搬到城里去？他们连搬到山下的想法都不敢有，哪里还敢相信这样的话。这不是天上掉下金元宝吗，世上哪有这等美事？

不劳而获的事情，山背罗湾人从来都是不敢奢求的。生活在高半山，有时候付出十分的辛劳，最后得不到一丁点儿回报是常有的事。

无论山背罗湾人信与不信，整村搬迁的事情已成定局：山背罗湾所有人都要搬到县城南边的一个小区，那里几幢盖好的高楼，经过县上领导协调，已划分为山背罗湾人整村搬迁的居住区。

开展易地扶贫搬迁，是党中央、国务院作出的重大部署，是补齐贫困地区发展短板，打赢脱贫攻坚战的重大抓手，也是解决“一方水土养育不了一方人”问题的根本之策。

山背罗湾村正是“一方水土养育不了一方人”的高寒之地，唯有搬离这片土地，老百姓才能过上美好生活，宕昌县才能达到习近平总书记的要求：同步小康，一个都不能落下。

像以往每一次发生大事的情景一样，山背罗湾再一次热闹起来。

市、县领导一次一次地上山来，给乡亲们讲易地搬迁政策，安定民心，鼓励大家抛开一切顾虑，走下山，住进城，开始新的生活。

两河口镇的领导更是频繁地来到村里，事无巨细的为搬迁事宜做工作。当时新上任的镇党委书记蔡鸿鸣同志很年轻，做事雷厉风行，能力魄力都强。他非常清楚，国家的惠民政策如何在农村实施，乡镇党委书记是关键，他是履行基层党建工作的第一责任人，既是贯彻执行党在农村工作方针政策的组织实施者，又是本乡镇重大工作的决策者。在其位谋其政，任其职尽其责。蔡鸿鸣说整村搬迁对山背罗湾人来说是天大的好事情，省、市、县领导已把前面的路铺好，他作为一个地方的领头人，必须鼓足干劲，克服一切困难，让老百姓高高兴兴地迁入新居。

时任镇长李安全在两河口镇任职已久，深知山背罗湾人生活的艰辛和不易，当整村搬迁的事情敲定之后，他感动又欣喜，这既是精准扶贫工作的巨大成果，又是山背罗湾千十号人新生活的开始。在这几年的扶贫工作中，省、市、县、镇各级政府不但投入大量的物力和财力，各行各业还选派很多党员干部组成帮扶工作队，充实到每一个贫困村进行帮扶。为了把工作做实做细，真正做到扶贫对象精准、项目安排精准、资金使用精准、措施到户精准、脱贫成效精准，驻村工作队所花费的心血是旁观者无法想象的。仅扶贫手册、一户一策等相关表册的填写、上报、汇总、修改，就是一项耗时费力的工作，许多人还产生过怨言。为此，李安全在镇帮扶干部大会上讲道：所有的表册填写和所走的弯路只是为了让精准扶贫实施得更好，让政策落实得更到位。他相信，山背罗湾等几个村庄的整体搬迁，会让宕昌县，乃至更多的人看到国家以举国之力实施的精准扶贫是一场“急百姓之所急，想百姓之所想”的惠民工程。

王兴文是当时新任的两河口镇党委副书记，从山背罗湾整村搬迁的事情提上议事日程开始，他作为两村的包片领导，全程参与了此项工作，大到给村民分新公寓、送他们走向新家，小到教大家怎样使用天然气、马桶，他都经历了，其中的波折很多，但当搬迁工作圆满结束，村民们住进城里的新家，过着幸福安逸的生活时，他觉得很有成就感，也对“人民公仆”这个称呼有了更深的理解和感悟。

金秋十月，是乡村最丰腴的时节，化马山亦是色彩丰富，天气宜人。这个时候，山背罗湾人终于相信自己要搬迁到城里去居住了。他们要去的小区取名“山水雅园”，楼房全部是新盖的，每套房子根据需要改建成了经济实用的小套间，以抓阄的方式分配楼层，房子售价标准是2500元/人，只要搬进去，拥有绝对的使用权，里面家具、天然气、基本生活用品一应俱全。这样的搬迁让山下人一片哗然。现在的工薪阶层买一套房子都很不容易，而山背罗湾人因为易地搬迁，转眼间就在县城拥有了属于自己的公寓楼。只不过，在高山上住久了的山背罗湾人，尤其老人们，一时半会儿却无法接受搬迁的事实，他们说，城里有房当然好，可是老先人留下的地方，一下子丢弃了好吗？山里人进城生活能适应吗？搬进城，山上的地不能种，地里的作物管不上，圈里的猪啊鸡啊的都养不成，那今后的生活怎么办？还有娃儿们上学的事情，听说城里的学校很紧张，报名得有城里户口，山背罗湾人搬下山了，可户口还在村里，这些问题怎么解决？

山背罗湾人不知道的是，他们所顾虑的这些问题，省、市、县各级领导早在提出整村搬迁之初就已经想到了。易地扶贫搬迁既要"挪穷窝"，也要"拔穷根"；既要搬得出，又要稳得住、能致富。在做出山背罗湾易地扶贫搬迁这个决策的同时，政府就在着手解决老百姓搬到城里的生活出路问题：给宕昌县引进腾达实业有限公司，由该企业在山背罗湾搬迁点旁边建立扶贫车间，以解决搬迁群众的就业；引进重庆绿化产业投资建设有限公司，把山背罗湾村的原址开发打造成旅游区，不但让当地群众多了一条就业渠道，还让山背罗湾村走上"资源变股权、资金变股金、农民变股民"的路子，这也算是脱贫与乡村振兴两手抓；与新疆生产建设兵团达成协议，在自愿互助的前提下，输送村民过去当工人；加大专业合作社种植、养殖产业的发展力度和规模，为群众增加收入。

自从整村搬迁提上日程，好事便接连不断地出现在山背罗湾人的生活中。你看，在他们搬离故土之后，由甘肃省烟草公司投入 2000 多万元，在村里给各家各户建成了占地 27 平方米的季节性周转房，这不但给上山耕作的村民提供了方便，还让那些实在不愿意搬离故土的老人们有了比之前更舒适的生活环境。

还有一件让宕昌城里人羡慕嫉妒的好事情呢：山背罗湾村里的学生随家搬进城里的新居，有自主选择县城内任何一所学校的权利，学费全免。这是时任县委书记李平生同志亲自出面给山背罗湾老百姓做出的承诺。山背罗湾人当时不知道李书记让他们享受的这种特权到底有多特殊，等在山水雅园住了一段时间，亲眼看到城里的家长为娃儿们上学费力奔走时，他们感动得都不知道说什么好，只能常常教育自家娃儿要好好学习，要对得起现在的好生活。

搬迁之后的山背罗湾人感慨很多，发自内心的喜悦和幸福随时随地散发在他们身上。这样的结果，是一度为他们付出心血的公家人最期待看到的。不过，这些都是后话，万事开头难，搬迁之初的工作并不是很顺利，波折时有发生。这期间，也就是 2017 年 10 月 18 日，党的十九大在北京顺利召开，习近平总书记在报告中的讲话犹如定海神针，及时鼓舞了为山背罗湾两村脱贫攻坚工作奋战的所有领导干部，他们全身心地投入到了两村千十号人的搬迁工作中。

至此，山背、罗湾两村的易地帮扶搬迁工程徐徐拉开了序幕。

五　搬离前夕

不知是心中的顾虑没有完全消除，还是太留恋故土，抑或是对县城的生活感到胆怯，虽然政府在山背罗湾整村搬迁的事情上从细微处着手，做到了面面俱到，但乡亲们的行动却始终不是很积极。上了年纪的老人只要提起搬家的事情，就会抹眼泪，他们说就喜欢山上这种简单朴素的生活，一出门就能看天看地，随时都能晒太阳吹山风，进了城被困在不接地气的楼房里，想想都难受。最高兴的是那些娃儿们，从知道全家要搬进城的那一刻起，他们做梦都会笑出声来，恨不得连夜住进新楼房里去。大人们看似教训实则宠溺地说他们是养不熟的白眼狼。对于孩子们的没心没肺，大人们心里有点儿羡慕，他们知道这样纠结搬迁的事情，在谁看来都是不识好歹。可是，人非草木，孰能无情。在山背罗湾生活了几十年，即使大家曾经很穷，过得很苦很累，一度想要逃离，当离开的一天真正到来，心中对这块土地的不舍又是如此真实而强烈。于是，许多人都希望时间过得慢一点，搬离的日子可以再晚一些。

无论是纠结、不舍，还是希望、期盼，好像都是人之常情，但时间的脚步任谁也拽不住，眼看着山背罗湾整村搬迁的日子即将到来，这可忙苦了驻村帮扶工作队和县、乡、村各级领导干部，他们一头扎进搬迁事宜中，不分白天黑夜，不休节假日，挨家挨户上门给村民们做工作，引导大家要着眼于未来，全方位地认识搬到城里生活的诸多好处，比如下一代的教育、老人的看病就医等。有些人的顾虑打消了，欣然接受搬迁；有些人还在犹豫徘徊，权衡利弊，甚至提出这样那样的条件，故意给村镇干部出难题。

身为驻村帮扶工作队队长兼第一书记的何旭，原本还想着山背罗湾人终于苦尽甘来，一定会欢天喜地地搬进新居，结果事与愿违。杨争海等几个村干部告诉他，农村工作看似单纯，实则千变万化，有些事情在老百姓那里就无章可循，但是没关系，遇水架桥，逢山开路，事情总会有办法解决，毕竟千年等一回的好事儿并不是谁都能遇上。最后，经过集体商议，山背罗湾整村搬迁以老百姓的意愿为前提，采取分批分次的办法进行。

在杨争海、李让安、李谢选几位村干部的带动下，贫困户杨艳强、李登先、李让红、杨巧同、李小全、袁三三等 30 户人同意首批搬离。

山背罗湾人很传统，对于老祖宗留下来的习俗尤为看重，甚至有点儿迷信。初一、十五或是遇上他们认为的大事情，村里上了年纪的女人都会去土地庙烧香祭拜；谁家要给儿子娶媳妇，得拿上男女双方的生辰八字让阴阳先生掐掐算算，敲定一个有利于双方的好日子；谁家要盖房子，即便是在原地基上动土，还是会请阴阳先生支上罗盘找准大门的最佳方位，然后在适合动土的日子开始施工；给亲人选墓地和盖房子一样，也得请阴阳先生观风水，用罗盘测方位；人死后，出殡还得看时辰。做这一切，都是为了家族今后能够兴旺，后代能有一个好前程。

乔迁新居在山背罗湾人眼里更是人生的大事之一，每一次村里谁家的新房子落成，搬家的日子必定是阴阳先生选的黄道吉日。不过，举家搬迁，进城生活，对于山背罗湾人而言不仅仅是一次搬家，它还代表着生活的新起点，命运的新走向，许多事情他们自己不敢轻易做决定，觉得还是听政府的安排会更加稳妥。这些年，他们心里明镜似的：大家得公家之济太多，每一件关乎民生的大事政府都安排得很妥帖。所以，当杨艳强、李登先、李让红、杨巧同等 30 户首批搬迁户得知他们将于 2018 年 1 月 18 日这一天正式搬离山背罗湾，入住县城南边的山水雅园小区时，他们高兴地答应了，心中充满了对未来生活的向往和憧憬。

进入深冬，化马山上像往年一样山野凝霜，寒气逼人。但今时又不同于往日。因为搬迁的事情，山背罗湾外出打工的人都回来了，再加上抽调过来帮忙的公家人，村子里整日熙熙攘攘的，比过年还要热闹。那些常聚集在一起讨论搬家事宜的老人们说，村里人多了，天气都没有往年寒冷了。就是在这样的氛围中，一场别开生面的党课在山背罗湾村开讲了。

这一天是 2017 年 12 月 6 日。

清晨的山背罗湾天寒地冻，大家却一改平日里的懒散，顶着严寒早早地开始清理庭院，打扫村里的各个巷道。唐仁健同志再一次要来山背罗湾了，大家高兴着呢。

快到中午时太阳出来了，明灿灿的阳光如水一样泼洒在山背罗湾，冬日的萧瑟被挤走了几分，整个村庄显得明净而温暖。村委会地处向阳，此时也被照得明晃晃的，里面密密集集地坐满了人，他们静静地望着正前方的人，脸上都是无法抑制的激动和兴奋：唐仁健同志不但再次来到山背罗湾，还和他们近距离地坐在了一起。

太阳当头，天空蔚蓝，大地清明。山背罗湾人个个如沐春风，精神抖擞，像小学生一样认真聆听着唐仁健同志的讲话内容。他们平日里只关心生计和身边的事情，但今天，那富有感染力的声音却让他们记住了党的许多方针政策和精神：

习近平总书记指出，消除贫困、改善民生、逐步实现全体人民共同富裕，是社会主义的本质要求。同时强调，扶贫开发贵在精准，重在精准，成败之举在于精准。当前，脱贫攻坚进入系统发力、重点突破、集中攻坚的关键阶段。要认真总结党的十八大以来脱贫攻坚的实践，坚持以问题为导向，下足绣花功夫，拿出过硬办法，扎实推进精准扶贫、精准脱贫的各项工作。

坚决打赢脱贫攻坚战，要重点攻克深度贫困地区的脱贫任务，确保到 2020 年我国现行标准下农村贫困人口实现脱贫，贫困县全部摘帽，解决区域性整体贫困，做到脱真贫，真脱贫。

要为乡村旅游注入新的活力，乡村旅游发展已经成为农村发展、农业转型、农民致富的重要渠道。

……

唐仁健同志身后的土墙上挂着一串串辣椒，红红的，在阳光下显得格外鲜亮。

山背罗湾的“双椒”产业今年大获丰收，通过帮扶单位的推销，种植户都靠它们增加了收入，这让山背罗湾人看到了走产业之路能增收的希望。唐仁健同志鼓励乡亲们放下心中所有的顾虑，只管搬进城里的新居，说那里的扶贫车间会给他们就业的机会，而山背罗湾这块土地，虽然不适合人居住，但它高耸的地理位置和独具一格的生态却是一种大美，很有开发打造的价值。假以时日，山背罗湾会成为像官鹅沟那样的旅游景区，带给乡亲们的利益是不可估量的。同时，又能给宕昌县，甚至全市、全省的旅游业增砖添瓦。

唐仁健同志还慰问了他的帮扶户：杨俊亮、杨国安、严贵安。杨俊亮出去打工了，他爷爷豆永生在家，年岁已大，身体尚好，只是耳朵不灵便。唐仁健同志来到他们家，与他亲切地交谈时，他虽然答非所问，眼睛里却溢满了激动的泪水，一遍遍地说：“共产党好，政府好，他们是我们山背罗湾人的大恩人！”

唐仁健同志五个月内前后两次来到山背罗湾村，这就像定海神针一样，极大地安抚了相当一部分人的心，他们对于搬迁不再是既期盼又惧怕，而是听从村镇干部的统一安排，积极投入到了搬迁的准备工作中。

六　开启新生活

在北风凛冽、天地凝寒的深冬，山背罗湾人迎来了搬迁的大好日子：2018 年 1 月 18 日。

这个日子，值得山背罗湾的每个人铭记一生。“安得广厦千万间，大庇天下寒士俱欢颜。”从这天开始，受尽高山之苦的山背罗湾人步入另一种生活，那是他们在山上永远都不敢奢求的生活，却真实地存在了。

这一天，杨争海、李让安、李谢选、杨高学、杨艳强、李登先、李让红、杨巧同、杨仙强、李小全、权新学等 30 户山背罗湾人提着简单的行李，坐进大巴车，沿宽阔平整的水泥公路驶下化马山，来到了他们的新居住地——山水雅园小区。

小区外是一条商业街，日用品、蔬菜、肉类、水果等等，卖什么的都有，很热闹。不远处有卫生院，有学校。走进小区，大门口挂着一副“挪穷窝换穷业斩穷根，今后告别穷乡僻壤；树新风入新宅安新家，从此走向康庄大道”的对联，里面是几幢排列有序的公寓楼，大大的院子安静又整洁，正前方的墙上挂着宣传标语和山背罗湾精准扶贫方面的图片，旁边立着一些健身器械。看到眼前的情景，山背罗湾人心中一颤，眼眶湿润起来：我们以后就要住在这么好的地方了？

再走向各自抓阄分来的家，打开深红色的防盗门，明亮宽敞的客厅尽收眼底：崭新的沙发、茶几、电视机各占一角，看起来时尚又温馨，这让山背罗湾人有点儿受宠若惊，他们在山上的家哪里有这般好看。再瞧卧室，虽然不大，却也亮亮堂堂的，床、衣柜都已摆放现成；厨房里的自来水、煤气也接通了，崭新的灶具就摆放在那里，甚至连米面油、酱醋盐都准备好了，只等着住户开火使用。

坐在软软的沙发上，看着水、电、气、网全部到位的新家，山背罗湾人喜不自胜地感慨道："真想不到，我们高半山人有一天也会住进高楼大厦，过上和城里人一样的生活！"

上午 11 点，山水雅园小区的院子里鞭炮齐鸣，人头攒动。山背罗湾 30 户农民笑靥如花地从市县领导手中接过新房的钥匙时，个个眼睛里闪烁着晶莹的泪花，他们想开口说句感谢的话，却又担心嘴拙，说不好，反而轻淡了心中的那份感恩之情，最后他们不约而同地向眼前的公家人深深地鞠了一躬。坐上大巴车离开山背罗湾的那会儿，他们心里是忐忑和不安的。但此刻，他们觉得很幸福很踏实。整洁的小区，宽敞的楼房，温馨的新家，曾经只能在电视上看到的家的模样，真真切切地展现在眼前，而且以后就要在这里长期生活下去了。山背罗湾人何德何能，何其有幸啊！他们下山时曾到村里的土地庙祭拜过，那里一直是山背罗湾人心中很神圣的一角，就在接过新房钥匙的瞬间，他们觉得那一角已被眼前真实的人真实的事替代了。

七　人间值得，未来可期

住进山水雅园的山背罗湾人自己都没有想到，他们搬进城不过个把月，就全然适应了这里的生活，每天过得有滋有味的。有些上了年纪的老人，虽然一直念叨说山上那会儿如何如何，现在没事做，一天闲得慌，身子骨都松散了。但这并不妨碍他们对现在生活的喜欢，不说别的，那脸上发自内心的笑容就足以证明了。

李谢选家 7 口人，分到四室一厅的房子，总共花了 17500 元。儿子媳妇两口子在新疆打工，两人一年能挣 7 万元左右，李谢选当文书的工资是每年 2 万多元，乍一听全家的收入挺高。但是，住在山上时，大孙子在镇上租房上初中，小孙子上小学，家中还有老母亲，由他老婆杨爱民照顾，再加上全家人的吃喝用度，一年到头，看似挺高的收入最后也所剩无几。搬进城，住进明亮的高楼，两个孙子都进了县城的学校，大孙子上学租房的费用省下了，杨爱民还在小区大门口开了一间小超市，收入挺不错。这些也就罢了，最让李谢选高兴的是两个孙子从此能受到更好的教育，以后的命运不再只有打工一条路了。

李让安家 5 口人，两个儿子外出打工，一个闺女在县城住校上高中，他和媳妇留在山上种地看家，农闲时他就去县城的建筑工地上干活挣钱。搬进山水雅园，他们家分到三室一厅的房子，他有更多的时间去工地干活了，媳妇闲不住，在县城开了一家卖蒸馍、手擀面的小店铺，起初只是想试试，没想到生意一天比一天红火，一个月下来比他还挣得多。闺女再不用住校，可以像城里学生一样每天放学回家吃饭，还拥有了自己独立的卧室，学习的劲头一下子就足了，她说一定要努力学习，考上好大学，以回报政府的恩情。

贫困户杨艳强家10口人，是村里家口最大的人家，搬进城之前有人给她说，城里的楼房像鸟笼子一样，她家那么多人怕是不好住。没想到的是，她家只花了25000元的房子有130多平方米大，里面的布局是按他们家的需要重新隔间装修的，足够全家所有人居住。看到小区对面就是卫生院，杨艳强喜极而泣，这些年她母亲身体一直不好，她留在山上照顾，很多次想要带老人去县城看病，但是老人晕车厉害，宁愿等死都不坐车去山下，这让她既难过又无奈。这下好了，医院就在家门口，老人能得到及时医治，她也可以抽空出去做些零工贴补家用了。

那个站在煤气灶前挥动锅铲炒菜的女人是杨巧同，她满脸笑容，嘴里还哼着曲儿，那样子别提有多开心了。可是，在山上时杨巧同几乎没有这么开心地笑过，家中住房破旧拥挤，一间小小的灶房被经年累月的烟火熏得又黑又脏，看着都让人郁闷难过，哪里还有心情笑。现在不一样了，新房子新气象，生活有了新盼头，在县城一个酒店打工的杨巧同整天笑呵呵的，浑身好像有使不完的劲儿。她说，搬迁改变的不只是全家人的生活，还把她苦闷的心情改变了。

不用一一细说，住进山水雅园的30户山背罗湾人过上了全新的生活。这期间，他们也发生过一些无伤大雅的糗事：不会用天然气，不会用马桶，不会看网络电视等等。镇上专门派来干部，挨家挨户手把手地教他们，并用高音喇叭在小区里循环播放那些物件的使用方法。很快，起初不太“听话”的玩意儿，最终成为山背罗湾人生活中的朋友。第二批人再搬进来时，已经不用镇上的干部费心了，先前的30户人都成为他们随叫随到的“老师”。

山水雅园小区旁边正在建厂房，是为山背罗湾人专门筹建的扶贫车间。厂房建成，闲在家里的女人就可以去车间当工人，从此过上照顾家人和挣钱两不误的生活。听说山上的旅游开发项目也即将开始，到时候需要大量的工人，那些外出打工的村民也会回来一部分，毕竟在家门口挣钱要比外面底气足，还能过上老婆孩子热炕头的生活。

残疾、“五保”等重点人群是一个地方的弱势群体，如何解决他们今后的生活，是社会普遍关注的问题，而山背罗湾村在得到镇上分配的60名公益性岗位的名额时，首先安置的是这类重点人群。现在，山上的村子、城里的山水雅园每天都有公益性岗位的人员在打扫，每个地方都是干净整洁的文明面貌，看着就让人觉得心情舒畅。

山背罗湾整村搬迁工程的局面顺利打开，不过这仅仅只是拉开了序幕，留在山上的200多户人，有的随时准备搬进城；有的还在纠结利弊，持观望态度；有的坚决不愿意搬，这里面主要是像豆新华这一类上了年纪的老人和村里的“五保户”。

山背罗湾又来了一位省政府办公厅的中年干部，叫罗晓东，任罗湾村第一书记兼驻村帮扶工作队队长。罗晓东初来山背罗湾，看到村里的地理位置和生态环境，着实被吓了一跳，这样的两个村要做到同步小康，易地扶贫搬迁的确是唯一的途径。时间不长，一个叫王福星的高个子年轻人也从县直单位被派到山背罗湾的驻村帮扶工作队。帮扶工作队的力量加强了，但罗晓东、何旭他们清楚地知道，接下来所面临的工作难度会更大，首先得让200多户人尽快入住新居，而如何让发展起来的各项产业进入良性循环的轨道，将是让村民们在城里安居乐业的重要保证。

搬进山水雅园的30户人，很短时间内就融入了城里的生活，日子过得比预想的还要舒心。事实上他们原有的生活秩序并没有多少改变，在外闯荡的人比以前更加安心，老人们在明亮舒适的楼房里做家务的心劲儿更足，上学的娃儿们得以更好地受教育，心中有了以前不敢有的梦想。那些劳动惯了的人，虽然不能每天看见土地和土地上的作物，但每隔几天就可以乘车去山上和它们见面，周转房里的日常设施全着呢，那是他们的第二个家。为了解决村民的生活出路，政府帮忙兴办起来的养殖、种植专业合作社已步入正轨，扶贫车间即将投入生产，正在打造的山湾梦谷旅游景区也需要工人。这一切，让徘徊在搬与不搬之间的山背罗湾人重新思考了搬迁之事，最初的顾虑慢慢被打消，他们高高兴兴地打包行李，陆续搬下山，住进了山水雅园。

截至 2019 年 4 月，山背罗湾两村 256 户 1062 人搬离化马山，住进城里的安置小区，剩下的 6 名“五保户”和一些上了年纪的老人，进城生活的确有一定的困难，便留在了山上。

到此，山背罗湾村的易地扶贫整村搬迁圆满画上了句号。

住进山水雅园的山背罗湾人时常会说起一件让他们很感动的事情。那是他们搬进山水雅园不久，有一天深夜暖气管道坏了，物业想等到第二天再联系工人去修，可是这事儿偏偏让李平生同志知道了，他第一时间赶到山水雅园，查明情况后通知相关部门立刻找来工人，连夜修好管道，争取尽快恢复供暖，而且他亲自守在那里监督维修进程。那天的天气很冷，好多人都劝他先回去，但他不为所动，并说：“这是山背罗湾老百姓搬到城里过的第一个冬天，不能让他们受冻。”一直等到凌晨，工人把管道修好，重新供上暖，他才长吁一口气，拖着疲惫的身体安心地走了。山背罗湾人被深深地打动了，逢人就说此事。其实，在山背罗湾人看不见的地方，他们眼中的公家人所做的能让他们感动至深的事情又何止这一件。作为普通老百姓，很难想象在改变他们生活的每件大事背后，那些决策者到底为之付出了多少努力和心血，甚至以生命为代价。“没有什么岁月静好，只不过是有人替我们负重前行。”山背罗湾人有福，无论前方还是身后都有为他们负重前行的人。

2018 年 2 月 8 日，唐仁健同志第三次与山背罗湾人见面了。这一次，他去的是山水雅园安置点。他看到搬下山的老百姓生活过得井然有序，感到很欣慰。他对身边陪同的市县同志说：“产业发展是脱贫攻坚的关键，也是巩固脱贫攻坚成效的核心。我们一定要把山背罗湾目前正在发展的几个产业做好，保证老百姓们能在家门口就业挣工资，使他们今后的生活无忧无虑。”

2018 年 8 月 25 日上午 10 时，山水雅园旁边的普惠手套扶贫车间正式揭牌投入生产。60 台开足马力的手套加工机器前，穿着工作服的近百名女工熟练地干着活，她们大多是山背罗湾的贫困户，有的在山上时闲待在家里，有的是在外面打工，听说家门口建了扶贫车间，就赶紧跑回来了。手套车间对面是制衣车间，主要加工校服、工作服、衬衫一类的工装，还编织地毯挂画。像手套车间一样，几十名女工都在认真麻利地做着事儿。车间刚运行，就接到了不少订单，她们还得加班加点赶进度。不过，这些女工巴不得活儿再多一些呢，2000 元底薪以外，做的衣服越多，挣得工资就越高。

2018 年 10 月 13 日，山背罗湾的老百姓又见到了唐仁健同志，他是来调研扶贫车间运营情况的。

2018 年 12 月 8 日，唐仁健同志第五次来到山背罗湾，调研产业发展情况。

2019 年 3 月 28 日，唐仁健同志第六次来到山背罗湾，调研田园综合体建设情况。

“胸中有誓深于海，肯使神州竟陆沉。”唐仁健同志一直牵挂着搬进城里的山背罗湾人，在百忙之中一次又一次来到这片土地上，检查调研整村搬迁的后续工作。他只有看到这些老百姓真正过上“稳得住，能致富”的生活，才会放心。

大恩不言谢!

山背罗湾人想把这份重于泰山的恩情永远放在心底，还有宕昌县那些一直为他们操心、奔波的公家人，都是山背罗湾人想要永远铭记的恩人。山背罗湾的历史因为他们而改写，山背罗湾人的命运因为他们而发生转折。历史的改写和命运的转折告诉山背罗湾人：人间值得，未来可期！新房子，新生活，新心情以及下一代即将开启的别样人生，都让山背罗湾人怦然心动，想要好好地活一回。

八　故土重生

山下人都说，搬离化马山的山背罗湾人，肯定在梦里都偷着笑哩，那一方让他们吃尽苦头的高寒之地，大概再也无人回头去看一眼了。

搬进城里的山背罗湾人也以为，他们过上了好日子，就会把山上的一切抛之于脑后，即使开始时常常想起，但时间长了也会慢慢淡化，然后随着时间的推移，被彻底移出记忆。在城里生活一段时间之后，山背罗湾人就知道他们想错了，离开并不代表忘记，而是让埋藏在深处的故土之情从此汩汩流淌。那片土地是很贫穷，也是他们一度想要逃离的地方，但真正离开了，才明白山上的一切早就融进每一个人的骨血，无论想与不想，那一方土地、那些物事都与他们的身体同行。何况，他们的离开，带给那片土地的不是消亡，而是重生。公家人慧眼识珠，重新定义了那片美丽但不适应人居住的土地，开始挖掘大自然赋予它的另一种价值。如今，那片土地每天人来人往，车上车下，像集市一样热闹。

不是集市，却也差不多。从那个罗姓人带着族人定居开始，这块地方就一直承担着养育他子子孙孙的使命。如今，在时代的助推下，山背罗湾又刻不容缓地承担起了它的第二个使命，那就是发展产业，为过上城里生活的山背罗湾人创造更多的效益。住在山水雅园的人再返回故土时，以工人的身份参与到了产业发展中。人手还是不够，在外地打工的人陆续回来了一些。家门口能挣钱，又是为建设家乡出力出汗，大家心里头乐呵着呢。旁边周转房内的日常生活用品一应俱全，累了、饿了都有着落。想转悠了，信步走进新修的文化广场，看看大槐树，望望对面山，感受一下山谷的空旷和缥缈，突然觉得化马山原来是如此的壮美，这是以前从来没有过的一种体验。如果想下山了，私家车、摩托车就停在旁边，随来随去，一会儿山上一会儿山下，什么事情都不耽搁，从前那遥不可及的距离已经被宽阔的公路和现代化的交通工具消除了。

现在的山背罗湾人，不为生活发愁，不为娃儿们上学发愁，不为老人看病发愁，不为地里的庄稼干枯发愁。再回到山上干活儿，都是高高兴兴地去，欢欢喜喜地回。对了，政府还投资 300 万元给山背罗湾建成了集高位水池、雨水收集、管道滴灌为一体的小水节灌工程，以后干旱的季节里，地里的作物再也不会被枯死。

在山背罗湾的地盘上转悠一圈，就会发现中华蜂养殖、土鸡散养、果蔬栽种等等产业已经形成一定的规模。这些养殖种植项目是山背罗湾的传统产业，在许多人家的庭前院后都能看到，不过一直以来都是小打小闹，不成气候，谈不上效益，充其量只能为主人负担油盐酱醋的开支而已。借助脱贫攻坚的东风，山背罗湾成立了兴农果蔬农民专业合作社、老山养蜂农民专业合作社、惠民养鸡农民专业合作社等产业组织，并引导和鼓励村里的贫困户以股份制的形式把土地、扶贫贷款投入到各专合组织，每年不但能获得分红，家里的闲散劳动力还能到合作社上班挣工资。这条产业发展路子走的是“宕昌模式”，借鉴其他村的成功经验，很短时间内，山背罗湾村的各项产业发展起来了，有劳动能力的人在家门口以工人、股东的双重身份参与其中，有工资可以挣，年底还有分红，这种双赢的好事情，谁遇上都高兴。产业的稳健发展，让山背罗湾村也顺利完成农村的“三变”改革，即资源变资产、资金变股金，农民变股东。

山背罗湾人搬离之后，重庆绿化产业投资建设有限公司便在那里开启了宕昌县山湾梦谷古羌民俗旅游景区的开发打造项目。该景区占地面积 3551 亩，主要依托化马山原汁原味的生态风貌，以打造古羌民俗文化为内容，采取“联村支部 + 公司 + 合作社 + 农户”的模式，对农田、林地、花果林进行改良，充分利用现有的土地资源大力发展田园综合体，打造农业品牌，并探索精深加工。位于化马山 2500 米处的酒店也开始修建。这样一来，山背罗湾人每年不但能拿到一笔可观的土地流转费，又能进景区打工赚钱。等这个旅游景区开发打造完成，长期受益的还是山背罗湾人。最早负责此项目的时任县委常委、官鹅沟大景区主任王福全同志介绍，重庆绿投公司投资山背罗湾这个旅游项目，在看好自然景观和乡村潜在旅游资源的同时，也是想为当地的脱贫攻坚注资助力，为宕昌县的发展尽一份心意。事实上，伴随项目的实施，该公司对当地的扶贫成效已显而易见。

第一个被山湾梦谷景区招收为工人的是贫困户李高权，身兼保安、保洁两职，工作很轻松，一个月 3000 元的工资。一表人才的儿子在外地打工，每年也能攒下一笔钱。曾经，李高权最忧心的就是儿子找不下媳妇，现在他说起此事眉开眼笑的，山水雅园有一套新房子，家里又有存款，他还有啥愁的。

村里的惠民养鸡农民专业合作社投产后，贫困户李让红和丈夫就先后被招收进去当工人。养鸡场是全自动化设备，他们工作起来并不是很辛苦。早上6点多到合作社给鸡出粪、上饲料，8点多回家做饭吃早餐，接着粘纸箱，到12点左右吃中午饭，休息一会儿再去鸡场上工捡鸡蛋，下午5点之前，他们一天的工作就完成了。李让红说这样的工作，和以前靠天吃饭，从陡峭的卧牛田里刨食相比是很轻松的。每个月李让红和丈夫都能挣到3000元的工资，一年下来，7万多元的收入，比在外面还挣得多。除了种有药材的地，她们家其余的土地全部以入股的形式流转给了景区，到年底就会有一笔可观的分红进账。几项收入让全家人过上了欢天喜地的日子，用李让红自己的话说，她们家已经迈进小康生活了。

贫困户杨松花是普惠手套扶贫车间的第一批工人。她早先在县城租了两小间旧屋供两个儿子上学，丈夫一直在建筑工地上干活儿，她自己有时间了也去做一些零工贴补家用，但日子总是过得紧巴巴的，住在山上的公婆有个头疼脑热什么的，他们也不能在身边照顾。自从山水雅园有了房子，全家老小都搬进去之后，杨松花被招进家门口的扶贫车间，成为一名工人，每个月能挣到两三千元的工资，每天还能照顾全家老小的日常生活。家中的生活条件发生了翻天覆地的变化，杨松花每天都笑盈盈的。前不久，她去县一中给上高二的儿子开家长会，班主任说她儿子这段时间很用功，成绩也是突飞猛进。儿子的进步，杨松花早就看在眼里了，搬进高楼的第一天，两个儿子兴奋地闹腾了大半夜，第二天老大就当着全家人的面发誓，从此要“头悬梁，锥刺股”，努力学习，争取明年考上一所名牌大学，以回报现在的好生活。

如今的化马山，在山背罗湾人眼里是最美的地方，他们生活过的山背罗湾村这片土地，因为山湾梦谷古羌民俗旅游景区的诞生而变得神奇又充满诱惑。

九　生活向阳

从山背罗湾到山水雅园，是从高高的化马山到宕昌县县城，山背罗湾人时常觉得这两处地方就是一处，都是他们很重要的立身之地。山背罗湾人有这样的想法也在情理之中，这两块地方现在确实与他们的生活紧密相连，山上劳作，城里生活，任凭他们两处做主，来去自由。难怪县城里人都说住在山水雅园的山背罗湾人很富足。

城里人说的没错，山背罗湾人现在不仅住房宽敞，劳作的地盘更是宽广，收益也越来越好。就拿 2019 年来说：

老山养蜂农民专业合作社发展中蜂 380 箱，带动两村 37 户贫困户平均增收达千元以上。

惠民养鸡农民专业合作社安装全自动、封闭式、智能化鸡舍两座，存栏蛋鸡 2 万只，日产鸡蛋 1.7 万余颗。第三座鸡舍设备已安装好，即可投放鸡苗。

果蔬和旅游专业合作社流转两村农户土地共计 1200 多亩，栽种优质花椒 10 万株。

普惠手套扶贫车间现安装机器 130 台，吸纳 24 名贫困户就业，目前已生产手套 90 万双，销售 60 余万双，共带动山背罗湾两地 220 户贫困户户均年实现保底分红 3500 元以上；另一个制衣车间有缝纫机 200 台，吸纳 25 户贫困户在家门口就业，每名工人年工资稳定在 3 万元以上。

宕昌县山湾梦谷古羌民俗旅游景区现已完成第三期工程，山背罗湾村有 20 余人在里面打短工。建成之后，当地群众将是最大的长期受益者。

有这些产业和项目，山背罗湾人的生活怎么可能不富足？两河口镇党政一班领导对当地的老百姓很了解："有规划、有目标、有盼头，现在的村民无论干什么，劲头都很足。"

2019 年 12 月 20 日，宕昌县山水雅园的大院内，山背罗湾村贫困户迎来了搬迁后的第二次村办特色产业合作社分红大会。他们手拿厚实的分红资金，一个个脸上绽放着灿烂的笑容，相互低声诉说着此时高兴的心情。贫困户杨奇智说他分了 5620 元，身边的王凤琴一样，杨仙强也说就是这个数。会场里众多的声音传来，有喜悦，有感激，还有对未来生活的信心和决心。

一年的时间一晃而过，新年伊始，两河口镇的李安全镇长调走了，接任他职务的人叫李锦科。驻村帮扶工作队的何旭也被省委办公厅召回，他的工作由同事李志远接替。

一直忙着罗列发生在山背罗湾村的好事情，忘记把一件噩耗告诉大家了：罗湾村的老书记杨争海在 2019 年 9 月外出时发生车祸，不幸去世了，这一年他 54 岁。杨争海前后两次担任村支书，累计超过 20 年，是一位为罗湾村的发展做出贡献的老共产党员、老干部。因为脱贫攻坚工作仍要继续，罗湾村不能没有书记，很快，村里的杨高学担任了支书一职。“铁打的营盘流水的兵。”公事就是这样，来来去去，去去来来。眼下已进入脱贫攻坚的决胜时刻，无论谁走谁来，摆在眼前的事情必须做好。事实上，山背罗湾村 220 户建档立卡贫困户在易地扶贫搬迁和产业扶贫的助力之下，已经脱离贫困，在向小康迈进了。接下来国家还要统一检查验收，正式宣布脱贫。这些对山背罗湾村来说，都是水到渠成的事情。

因为易地扶贫搬迁，山背罗湾人的生活日新月异，村里的光棍汉开始有女子青睐。住在山水雅园小区七号楼四单元 602 室的杨瑞军，2019 年搬进城里时已经 33 岁，半年后终于和一位天水姑娘喜结良缘，过上甜蜜的幸福生活。34 岁的豆争亮、35 岁的李七茂、32 岁的杨韩军等等十几个光棍汉，自从搬进城，住上高楼，人变得勤快了许多，精神面貌也焕然一新，如今都相继找到媳妇成了家，日子过得一个比一个红火。

耄耋之年的豆新华老人仍然住在山上，但山水雅园发生的大小事情他却了如指掌，听到村里的十几个光棍汉都找到媳妇，成了家，他高兴地说："精准扶贫搞得好，山背罗湾村的光棍汉都娶到媳妇了，地下的先人们这下该放心了。"不过，老人家想起自己的孙子豆争光，心中很不是滋味，但是有什么办法呢，打铁还得自身硬，他自己身体有缺陷，谁也帮不了，好在他被选进了村里的公益性岗位，每月能按时领到几百元的工资，有时间还在山湾梦谷景区打打零工，每天的日子就在衣食无忧中度过去了。至于豆争光将来的生活，豆新华老人现在一点儿也不担心。村里那几户"五保户"，吃的用的政府都包了，生活根本不用愁。山下的几个村庄还修建了养老院，孤寡老人们住在一起，吃穿住行都有专人料理，等豆争光上了年纪也可以进去享受这样的生活。再说，万事皆有变数，说不定哪一天豆争光就娶上媳妇，过上老婆孩子热炕头的小日子了。毕竟现在的世道越来越好，每一个人都有所期有所盼。

山背、罗湾村易地扶贫搬迁仪式

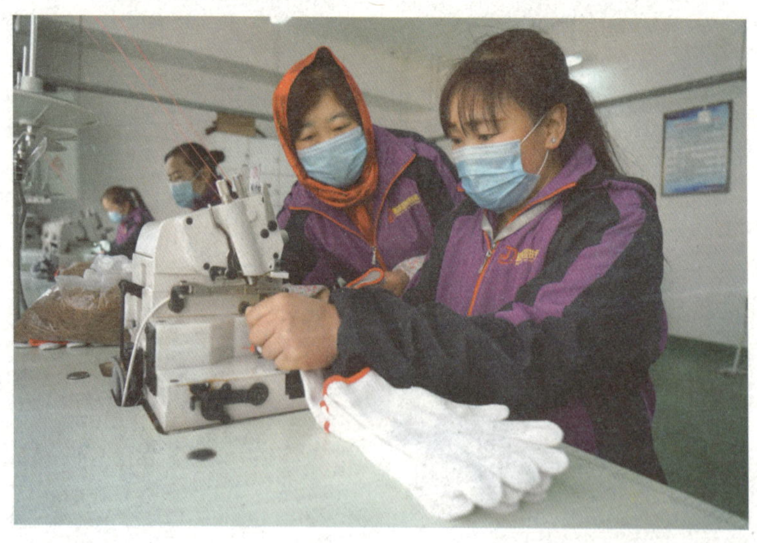

家门口的扶贫车间

合作社养殖厂掠影

丰收的喜悦

第六章　人间美，时代卷轴

一　山水雅园

又是一个晴朗的早晨，大地在第一束阳光的抚摸下缓缓苏醒，然后一点一点变得明亮，最后天地灿烂成一片。冬天，这样的天气着实让人高兴，即使空气里还弥漫着寒意，但看见从朝霞晕染的东边慢慢爬上高空的太阳，心中就有了暖意。

像往常一样，豆阿婆起得很早，她先把炉子里的火放开，添上煤，再用前一晚发好的面烙了几个馍，又煮上一罐面茶，然后叫醒酣睡的孙子孙女，照顾他们吃完早饭，去了学校，她就开始仔细清扫家中的卫生。这时候，儿媳妇也收拾好，准备去扶贫车间上班。临出门前，她对豆阿婆说："妈，家里的地板都能当镜子照了，再别拾掇了，你去院子里晒太阳吧。"

豆阿婆嘴里应着，手脚并没有停下。别看她瘦小的身体像弓一样弯着，干活却很麻利，平日里走路也又快又稳。但自打搬进城，整天闲得发慌，她感觉浑身的骨头都快散架了，刚开始还有机会扫扫单元里的楼梯，和几个老家伙一起清理一下小区的院子，时间不长，这些活儿也轮不上她干了，有村里公益性岗位的人专门打扫，她唯一能出上力的地方就只有家中百十平方米房子的卫生了。

“唉！”豆阿婆把门口的几双鞋子摆放整齐，环顾了一下亮亮堂堂的屋子，长长地叹息一声，用力捶着酸痛的肩膀，嘀咕道：“还真让福给烧出毛病来了。”随即，她把黑白相间的短发用手顺了顺，走进卧室，拿起深蓝色的头巾，熟练地裹在头上，又走进灶房，把案板上的两个烙馍、一盒子辣子炒洋芋丝装进食品袋，锁上门，小心翼翼地扶着楼梯的栏杆，从四楼一台一台往下挪，那样子就像行走在悬崖峭壁，稍不留神便会掉下去似的。

提起走楼梯，豆阿婆苦恼着呢。她年轻时从罗湾村嫁给山背村的豆家做了媳妇，用当地人的话说就是鸡窝挪了个鸭窝，还在插入云里面的化马山上打转儿。有啥法子呢，她娘家比豆家住得还高，而且豆家比她娘家富——有一头毛驴。毛驴当时在山上的作用相当于现在的汽车。那时候女人的命如草籽，撒到哪里就得在哪里生根发芽，拼命地活下去。豆阿婆自从嫁到山背村，就跟自家男人一起见天地在地里收种，山下抢水，梁上拾柴，上树夹柿子，下沟割猪草，风里来雨里去的，硬生生把自己从花骨朵似的李家姑娘变成豆家媳妇，再熬成了现如今背着一个大罗锅的老婆子。豆阿婆今年 68 岁了，搬下山之前的 60 多年里，她几乎没有惧怕过什么，即使日子最苦最难的那些年，她也凭借一身力气带着一家老小熬过来了，方圆人都夸她能干得像个男人。可是，搬进城，住进楼房都两年多了，上楼倒还轻松，下楼时在窄窄的楼梯上往下绕，豆阿婆就害怕得要死，老担心一脚踏空摔下去，若摔得一口气上不来，眼睛一闭倒也省事儿，就怕落个半身不遂，自己受罪，还拖累儿女。所以每一次下楼，豆阿婆都小心再小心，紧紧抓着栏杆不放。这个怂样，豆阿婆自己都看不起自己，这事她给谁也没有说过，怕人家笑话哩。

终于挪下楼梯，豆阿婆长长地吁了一口气，走出门洞，明晃晃的阳光照得她停下脚步，适应了片刻，向院子正前方健身器材那边的人群走过去。看到脚下的白色纸团，豆阿婆弯下身子捡起来，扔到旁边的垃圾桶里，忍不住埋怨道："咋还有这么不讲卫生的人？"

人群里不知谁喊了一句："豆婆子，你操得闲心，政府给公益性岗位的人发钱就是专门让他们打扫卫生的。"

60 岁挂龄的李保红瞪了那人一眼，说："那也要尊重人家的劳动成果嘛。"又指着地上七零八散的烟头道："你们抽烟的人是最不讲公道的，抽完随手就扔，还当自己是山上的老农民啊？"

手里还捏着香烟的几个老汉不满地看向李保红，戏谑道："就你李婆子最讲公德，最像城里人。"不过，他们说归说，到底还是把地上的烟头一根一根捡起来，扔到了垃圾桶里。其他人看到他们的举动，都哈哈地笑起来。

豆阿婆走进人群，与李保红站在一起说："你们这些抽烟的人真该注意一下，政府给了我们这么好的居住地方，让我们也成了城里人，我们自己就要学得文明一些。见天从小区大门进进出出的，没看到墙上社会观里的第三句就是要讲文明吗？"

一位个子不高，微胖，看起来 70 岁上下的老汉轻哼一声，说："豆婆子，你识字吗？墙上写的那叫'社会主义核心价值观'，共十二项内容，你不知道，就别瞎显摆。"这位老汉姓杨，是豆阿婆他们家在山上时的邻居，几十年老关系了，平日里就爱和豆阿婆抬杠，大伙儿都习惯了，他又是这一群老人中识字最多的一个，住进山水雅园后，把小区墙上、宣传栏内张贴的内容已熟记于心。这不，抓住豆阿婆话里的漏洞了。

豆阿婆嘿嘿笑着说："我不识字，我两个孙子识啊，他们每天放学走到大门口，都要把墙上的内容念一遍，还经常在家里大声背，我听着听着就记下了。"说着，豆阿婆轻轻咳嗽一声，正要张口背诵从孙子那里学来的"社会观"，杨老汉却抢先放声背了出来："富强、民主、文明、和谐、自由、平等、公正、法治、爱国、敬业、诚信、友善。"

"能，你能！山背罗湾千十号人里头数你杨老汉最能。"豆阿婆见杨老汉抢了自己的内容，没好气地挖苦道。

杨老汉却得意地说道："这有啥能的，应该的，'搬出大山拔穷根，安居乐业谢党恩。'大门口写着呢，我们受了政府天大的恩惠，就应该把党的号召牢记在心，这也是谢党恩的现实表现。正说着，他看到山背罗湾两村党群服务中心那幢楼里走出来几个人，便大声朝他们喊道："罗队长，李队长，你们说我说得对不对？"

大伙儿看到是驻村帮扶工作队的几个人，都很热情地打起了招呼。走在最前面的罗晓东和李志远对乡亲们点头微笑的同时，回答着老杨："老杨，你说得很对，说得好！"然后，罗晓东朝四周的角角落落看了一遍，向身后的王福星等几名队员轻声说道："小区卫生现在保持得不错，这些老人的变化也很大，生活中的好习惯在渐渐养成，文明的气息已经慢慢渗透到他们身上了。"

李志远微笑着应道："是啊，与刚搬来那会儿相比，真的是天壤之别，老人们现在已经完全适应城里的生活了。"

高高帅帅的小伙子王福星接过两位队长的话，说："这些老人在山上劳苦了一辈子，都很好强，如今同住在一个小区，私下里又相互较着劲儿，看谁更讲卫生、讲文明，还相互监督，时间长了，一个比一个做得好。"

小区里出了名的聋老汉豆永生像往常一样，又一个人站在健身器械旁边的大宣传栏前，盯着上面的一幅幅照片自言自语。

山背罗湾是唐仁健同志的帮扶点，他还帮扶了其中的四户人，豆永生家是其中的一户。每一次唐仁健同志来到宕昌，都会去帮扶村慰问他的帮扶户，坐下来详细了解他们的生活情况。豆老汉虽然耳朵聋得结实，但他爱看电视，尤其爱看新闻，记性还好。唐仁健同志第一次带着生活用品来到他们家时，他就认出来了，激动地流下了泪水。后来，唐仁健同志来得次数多了，豆老汉除了激动，还很感动，出门不说话便罢，若说话必然是三句话不离“唐省长”。其实，山背罗湾人都近距离地见过好多次唐仁健同志，不激动是假的，原来只能在电视机里看见的大人物，竟然三番五次来到他们身边，为他们开辟出了想象都难以抵达的幸福生活，怎么能不感动。这也是他们每天聚集在一起的共同话题，只不过豆老汉听不见他们说话，也不往人群里凑，时常一个人在那里自言自语，大伙儿都习惯了。这会儿，他看见工作队的人，朗声喊道：“罗队长，李队长，你们下次回去，见到唐省长，就给他说，我们家现在不困难了，生活过好了，俊亮这个月还得了奖金，他媳妇把我们几个老的照顾得也很好。”

两位队长微笑着朝豆永生靠近了几步，大声说：“唐省长很忙，我们见不上，不过，你家的情况，唐省长一定会知道的。”

罗晓东和李志远都是省政府办公厅的领导干部，担任山背罗湾两村的第一书记兼驻村帮扶工作队队长时间不是太长，但村里各家各户的情况都已装在他们心里了。豆永生家 7 口人，俊亮是豆永生的孙女婿，姓杨，在新疆打工，两个娃儿还在上学，杨俊亮的奶奶，和豆永生年纪一般大，都七十五六岁了，另外，家中还有一个90多岁的高龄老人，是俊亮的曾外婆，她们除了杨俊亮再无别的亲人，老人身体又都不好。为了方便照顾两面的三位老人，杨俊亮把他们接到了一起，由媳妇豆强霞在身边侍候。这样的大家口，又老的老，小的小，缺少劳动力，三位老人中两人常年生病吃药，再加上两个上学的娃娃，日子过得有多难肠，全村人都看在眼里。精准扶贫开始后，村里给豆永生全家评上了二类低保，又时不时地享受一些民政救助，生病住院合作医疗的报销比例也提高了。慢慢地，豆永生家的情况有所好转。但因为住在高山上，老人生病需要经常去镇上、城里医治，豆强霞一个人忙不过来，在外地打工的杨俊亮只好回到山背罗湾，平时只能抽时间去县城里打打零工，挣的钱不多，全家人的生活一直在贫困线上苦苦挣扎。2017年，唐仁健同志帮扶上了山背罗湾，了解到豆永生家的情况后，给予了许多帮助。整村搬迁，豆永生全家搬进城里，娃娃上学、老人看病等难题，在小区门口就都解决了，杨俊亮便放心地去了新疆，家里的收入一下子提高许多。每年还有土地流转金、股金分红等收入，一年下来，豆永生家的日子像春天的竹笋一样在节节拔高。古稀之年的豆永生看在眼里，喜在心中，他觉得自己苦了一辈子，穷了一生，如今，他们家就时来运转，顺风顺水了。现在豆永生只要看到省城来的两位队长，就要捎话给唐仁健同志，说全家过得很好，让领导放心。

把孙子送到学校，在城里转悠了一圈的罗湾村文书李谢选从大门里走进来，手里提着一吊大肉。他站在身侧“巾帼家美积分”小超市的门口，朝里面喊道：“把东西拿进去。”即刻，一个手里拿着笤帚的中年女人走出来，接过李谢选手里的大肉，转身又忙去了。这个中年女人是李谢选的老婆杨爱民，很能干，是村里的妇女主任，搬进山水雅园之后实在闲不住，就响应县妇联号召开了这个“巾帼加美积分”小超市，以积分兑现奖品的形式，充分发挥起了妇女“半边天”的作用。

李谢选走近罗晓东他们，记起昨夜村支书杨高学发给他的微信，说道：“杨书记在山上看着栽树，昨晚没有回来，让我给你们说一声。”

罗晓东朝他点了点头，说道：“山背的豆俊学书记一大早就上山去了，镇上的王兴文今天也去，我和志远、小王等会儿上山与他们汇合，把老人和‘五保户’挨过儿看望一下，天冷了，看他们还缺啥不。你和其他队员留下来，把村资料、户内资料仔细再检查一遍，以迎接十二月份的全市脱贫攻坚工作普查。刚通过省上的检查验收，这一块问题应该不大，但小心不出错，还是再核实一遍的好。”

“好。”李谢选等人答应着。豆阿婆听见罗晓东的话，把原本要交给文书的食品袋递给王福星，说，“小王，谢选不回村，这个只能麻烦你捎给我家老汉了。”

人群里又有几个老阿婆给王福星递上了食品袋，里面装得全是一些吃的，都是捎给在山上干活的家里人。挂念着自家老汉的豆阿婆还在旁边给王福星叮咛："让我家老汉干上几天就赶紧回来，不要和人家年轻人比，山上冷。"

杨老汉很不屑地瞪着豆阿婆说："山上冷，那你五六十年是咋过来的？把老豆想得和你一样娇气。放心，山背罗湾的风早把他吹成石头身子了，硬实着呢。"

豆阿婆忙着和王福星说话，没搭理杨老汉，李保红接过了他的话茬子："话是这样说，但你看这两年，我们住进城，力气无处使，夏天晒不上，冬天冻不着，生活过得多舒服啊，现在我们身上的力气早就被懒虫吃光了，再回到山上，回到过去，大家伙谁还能过得惯？"

身边的老人们都点头，随声附和着李保红的话，工作队的一行人笑了，李谢选深有感触地说："过去我们老说人家城里人养尊处优，看看现在，我们还不是也一样。自打搬进山水雅园，日子越过越舒坦，享受惯了，如果再回到从前，怕是无论如何都吃不了那个苦了。"

"咋还开上忆苦思甜会了？"杨爱民端着两杯冒着热气的面茶从小超市里走过来，给罗晓东和李志远一人递过去一杯，又对其他工作队员说："你们到屋里自己端去，煮好了在炉子上放着，馍也烤好了。"接着转身轻轻拍打着自己身上的灰尘，继续说道："现在国家政策都是向着农民的，你看我们洋房住着，好吃的供着，看病国家担着，养老金每月领着，晚上广场舞跳着；各家都是股东，无论去外面打工，还是留在家门口当工人都有钱挣；出门就是工厂、市场、学校、卫生院，干什么都很方便，往后的日子，只会越过越好喽！”

罗晓东喝了一口手中的热面茶，顿时嘴里香气四溢，心中暖暖的，他张嘴想说两句，快言快语的豆阿婆已接过了杨爱民的话：“当然会越过越好，我儿子和杨巧花的儿子在新疆打工，媳妇又都在扶贫车间上班，老汉时不时在山上挣的够油盐酱醋茶钱了。住在山上时，娃儿们在两河口镇上初中，住的吃的都得花钱，现在好了，城里有自己的家了，娃儿们上学既方便又不用花额外的钱，这日子真是跌进福窖里了。”

“头发长见识短，就知道打工挣钱。”杨老汉一直就把挤兑豆阿婆当成了乐趣，这会儿也不放过。豆阿婆想骂他两句，但杨老汉没给她插话的机会：“对我们山背罗湾人来说，改变的岂止只有生活，最主要的是改变了我们后代的命运，电视广告里老说‘不要让孩子们输在起跑线上’，我们这一辈人是输了，儿女们也输了。还好，可怜人天照看，托党的福，我们高半山的人搬进城了，孙子辈有条件站在更高的起跑线上了。你看，现在各家娃娃不费吹灰之力就进了城里的学校，这不容易呀，好多城里学生挤破头都报不上名的学校，县委书记一句话，山背罗湾的娃儿们就都进去了，这待遇这恩情，我们大家都不能忘记啊！”

杨老汉饱含真情的一番话一下子引起了大家的共鸣，你一句我一句，争先恐后地表述着各自心中的所思所想，又都是在高山上大嗓门吆喝惯了的，挺宽敞的院子顿时像过喜事一样热闹起来，只有李谢选默默地站在那里，一言不发。不过，细看他的眼神，就知道他此时心中并不平静。

了解李谢选的人都知道，他平日里话少，是个直肠子人，虽然只是罗湾村的一名文书，却是目前村干部里资历最长的一个。他出生于 20 世纪 60 年代，是从苦日子中走过来的人，亲身经历了高山险阻带来的艰难和贫穷，也亲眼见证了山背罗湾所有的发展和变化，大到两个村是哪一年通电通水通农路的，谁家最先买上了电视机、农用车，小到谁家娃娃初中毕业，谁家供了个中专生，谁家的母猪下了几个崽，谁家的花椒树产了多少花椒。进入新世纪，国家倾斜于农村的惠民政策越来越多，山下的村庄每天都发生着变化，农民的生活一天比一天好，可是山背罗湾受地域限制，交通不便，信息闭塞，水资源匮乏，能耕种的土地面积少得可怜，村民文化素质低下，这种恶性循环造就的贫穷根深蒂固，想改变又谈何容易。2014 年，李谢选当上了罗湾村的文书，也是从那一年开始，农村的扶贫工作从“大水漫灌”进入了“精准滴灌”。后来的工作越做越细致，帮扶对象越来越精准，帮扶项目越来越多。山背罗湾两村的贫困人口达到了 90%以上，县上派来驻村帮扶工作队，全力以赴想要帮助高半山上的山背罗湾脱贫致富。帮扶工作的开展，必须得依靠村干部，而罗湾村扶贫中的许多具体工作，主要由文书李谢选承担。李谢选又是一个踏实认真的人，为了把全村的扶贫工作做好，他像脱产干部一样，与工作队一起没日没夜地投入到了攻坚克难的战斗中，什么表册、资料、村里的基本情况、贫困户、重点人群、产业等等，凡是涉及精准扶贫的事情，都装在他的大脑里。扶贫，确实给山背罗湾带来了大变化：贫困户的生活现状明显得到改善，村里通往外面的大路重新整修，各家的自来水接通，贫困户的危房大多得以维修，有的贫困户还兴办起了种植、养殖产业，低保、就医、上学等惠民政策都精准地落实到了贫困人口身上。李谢选和大多数人一样，认为精准扶贫带给山背罗湾的好处和变化，眼下应该已经达到顶峰了。他们谁也没有想到，天大的好事情还在后面呢。

2017 年 7 月，甘肃省政府开始帮扶山背、罗湾两村，而且由省政府的主要领导亲自主抓这个帮扶点。紧接着，传来一个爆炸性消息——山背罗湾两村人要整村搬迁到县城里去居住。

整村搬迁到县城的消息传到山背罗湾时，村民们都难以置信，就像听到太阳从西边出来、天上掉下人民币之类的冷笑话一样，大家连打听的兴趣都没有。太阳不可能从西边出来，这是亘古不变的真理；天上也不可能掉下人民币，那只是不劳而获之人的美梦。但是，最后的可靠消息证明，山背罗湾人要搬到县城的山水雅园、民福大厦等地方居住的事情，却不是无中生有，而是比珍珠还真的事实。山背罗湾人沸腾了。在高高的化马山上艰难度日的他们，连下一趟山，去一次两河口镇都要计划好几天，有的人甚至一生没有离开过村子，竟然一下子要搬进城，住进高楼大厦。这是天降福祉啊！

李谢选是村干部，第一时间从镇上听到整村搬迁到城里的消息时也不敢相信。山背罗湾两村 282 户 1183 人，因为地处高半山，基础条件一直很差，精准扶贫开始之后，政府在政策方面给予了很多倾斜，但要让这么多人搬到城里去居住，左想右想都觉得很不现实。但是，去两河口镇参加了几次安置会议之后，李谢选就不怀疑了，因为那是唐仁健同志亲自安排部署的搬迁项目，具体事宜由县委书记全权负责。山背罗湾村搬迁的事情很快就开始了，镇村两级干部都投入到了紧张的工作中，李谢选作为村委班子成员，义不容辞地承担起搬迁工程中的大小事务，整天忙得焦头烂额，连走路都带跑的，直到 2018 年元月份第一批搬迁户如期搬到山水雅园的新楼上，他家也住进百十平方米的房子里，他都觉得像是做了一个长长的梦，不敢相信自己竟然真的搬进城，拥有了这么好的新房子。

住进城里的好处不用李谢选多说，乡亲们像蜜蜂一样天天在他耳边念叨着，刚才杨老汉的一句话，不经意间又揭开了他内心深处的旧伤疤："改变的岂止是生活，那是我们后代的命运。"想当年，他上初中时是全校的优秀生，时常受到老师的表扬，说将来他一定能考上中专。那时候一脚迈进中专的大门，就等于端上铁饭碗了，那也是他自己的最终目标，所以他在学习上下了苦功，一心想要学出个结果来。但是，后来家里实在拿不出供他寄宿上学的各种费用，最终他只有辍学回家务农。到了儿子这一代，李谢选想着无论如何都要好好供他读书，让他考上大学。然而，终究事与愿违，因为在镇上上初中，路途遥远，生活诸多不便，儿子又不争气，吃不了那个苦，初中毕业就偷偷跟着村里的年轻人出去打工了。做大事的人常说命运掌握在自己手里，还有什么“人定胜天”“事在人为”。可是，当老天不给你出路，当你想要努力，前方的路已被堵死时，一切都只剩下无能为力和无可奈何，还怎么再去“事在人为”？如今，搬到城里，住进山水雅园，李谢选最重视的就是两个孙子的教育问题，他们也很争气，进入城里的学校后，学习成绩一直很优异，这让他着实感到欣慰。

李谢选正出神地想着过往，杨爱民走过来递给他两盒药，让他给楼上的老人拿去，李谢选却好一阵没有响动，杨老汉靠在他耳朵边上大声开玩笑说：“谢选，你今早去街道上看见哪个美女了，被勾走的魂这会儿还没回来？”

大家都放声大笑起来，回过神来的李谢选接过老婆手里的药，也笑着说：“老杨，都跟上潮流了，还会说‘美女’了。”

杨老汉一本正经地回答道：“咱是城里人了，要学会文明用语。”

大伙儿笑得更欢了，罗晓东瞅着李谢选，问他想啥问题想得那么专注。他和李谢选朝夕相处，还从来没有见过他如此深沉的样子。李谢选轻轻叹了一口气，说：“老杨刚才的一番话让我想了很多，住在山上时，我们经常埋怨上天不长眼，给了我们那么恶劣的居住环境。的确，住在上不沾天，下不带地的山背罗湾，心里想得再好，身上的干劲儿再大，时常也无从施展。几十年来，因为条件限制，也因为观念问题，山背罗湾没有出过一个正儿八经的大学生，好在今年杨礼智、杨鹏凯的儿子都考上了大学，这是进城后的好开端。现在条件这么好，各家一定要把娃娃的学习当作头等大事，尤其父母亲出去打工，把娃儿们留给我们这些老人的，可要负好这个责，好好管教啊。”

“谁说不是呢，我们苦了一辈子，也穷了一辈子，到了儿女这一代，生活虽然好过了，但还是被化马山上的风水所拖累，肚子里没有装下墨水，出去打工也只有干苦力的本事。现在好了，托党和国家的福，我们搬进城里，住进宽敞明亮的楼房，吃穿不用愁，如果还把孙子供不成大学生，那就太对不起这份恩情了。”老人堆里不知谁又引起了话题，大伙儿争相说个不停，站在太阳底下的罗晓东嘴角噙着笑，静静地听着。此刻，他觉得响彻耳边的声音汇成了一曲生动的乐章，那么深情，那么有力。眼前站立的这些人，他个个都熟悉，虽然他们的脸被化马山的大风吹得像核桃皮一样粗糙，但却泛着古铜色的光芒，健康又皮实，看着让人心安。“对，是心安！”罗晓东想到这个词的时候，又默默地重复了一遍，心中不由得为之一颤，初见他们是在 2018 年元月份，之后，“心焦”是他帮扶工作中的常态。什么时候变化的呢？他还真说不清楚，应该是每一天、每一月、每一年都有吧。但从“心焦”到“心安”，就像经历了一场脱胎换骨，其中的酸甜苦辣只有他自己最清楚。现在回想起来，有些艰难和苦楚已经从记忆中淡去了，甚至记不起来，但那些被外界认为是天方夜谭的事情，却一件一件都办成了，也才有了今天这样温馨喜庆的场面。其实，不只是今天，两个村的人搬进城后，驻村工作队办公、吃住都在山水雅园，这段日子，罗晓东每天都能听到乡亲们的心声，看到此情此景。乡亲们实惠，但又朴实，心里想啥嘴上说啥，眼下他们说的这些话，都是从心底里流淌出来的肺腑之言。作为扶贫干部，最想看到的就是扶贫之树结出丰硕的果实。金杯银杯不如老百姓的口碑啊！罗晓东心中充满了成就感，觉得所有的努力和付出都值了。他知道这是省、市、县共同努力的成果，饱含了唐仁健同志一心为民的公仆之心，也倾注了当地主要领导大量的心血和精力，为了做到真扶贫，扶真贫，他们不知在山背罗湾那“弯了不止十八弯”的山路上跑了多少趟。还有基层的那些乡镇干部，不惜牺牲节假日，与当地老百姓同吃同住同劳动，黑明昼夜地奋战在扶贫工作的最前线。而驻村帮扶工作队作为一个村里的扶贫组织，所有大大小小的具体事务都要通过他们逐项逐户的落实到位。罗晓东记得最忙的那会儿，他们工作队的几个人从早到晚，这家进那家出的，连一点空闲时间都没有。调查、填表、开会，帮助贫困户解决生活中的困难，甚至有的人家闹了矛盾，都会来找他们调解。常常是深更半夜了，他们还穿行在山背罗湾的大小巷道里，用“敢死拼命”来形容当时的工作状态一点儿都不为过。习近平总书记说：“脚下沾有多少泥土，心中就沉淀多少真情。”这两年多，工作队就像一个小家庭融进了山背罗湾这个大家庭，以一腔热情和真情，用陀螺精神带着两村的 178 户困难户走上了摆脱贫穷的康庄大道。习近平总书记最深的牵挂是“同步小康，一个都不能落下”。纵观全国，所有的贫困村、贫困户已全部摘除“贫困帽”，向小康迈进。山背罗湾这两个曾经的深度贫困村也一样，所有人都跟上来了，一个都没有掉队。摆脱了贫穷，他们底气十足，怀揣幸福、感恩的心，用农家人的勤劳和质朴，又开始奋斗小康生活了。“这，多么好！”罗晓东情不自禁地在心中感叹着，他听到一位老阿婆说：“我孙子自从搬进城，上了宕昌县一中，学习很用功，每天晚上要学到深夜一两点，老师说他进步很快，明年一定能考上好大学。等大学毕业后，让他也考公务员，成为小王那样的国家干部。”

罗晓东明白，老阿婆说的小王就是工作队的王福星，那小伙子人年轻，却是个热心肠，喜欢帮助人，驻村这两年，早已与各家各户打成了一片，老人们都非常喜欢他，总拿他当榜样教育自己的孙子。这会儿，老阿婆的一句话惹得大家都笑了，但也一致认同，王福星倒不好意思起来。罗晓东看看时间，该上山了，便和大伙儿打声招呼，叫上李志远和小王、小刘几个人，转身走了。

身后，老人们的说笑声还在继续，罗晓东不自觉的嘴角上扬，脚下的步子迈得更大了。古人云：民为邦本，本固邦宁。教育是立国之本，强国之基。对一个小家庭的未来而言，下一代的成长和教育是关键。现在，这些曾经因地域限制而贫穷，深受文化缺失之害的乡亲们，已经深深意识到教育对后辈们的重要性了，又何愁未来前程无锦绣，乡村振兴无着落呢！

二　扶贫车间

从山水雅园小区出来，左拐，看到一条干净宽阔的街道，两边各站立着一排新建的厂房，老远就能听到低沉混杂的机器转动声。同时，厂房上方的一排大字也进入视线：腾达实业宕昌县扶贫车间。

这个扶贫车间是为整村搬迁到城里的山背罗湾人建立的。

当山背、罗湾两村纳入宕昌县的整村搬迁之后，村民们最关心的是搬下山，失去赖以生存的土地，他们今后怎么生活。搬进城，住进高楼，看到小区旁边初具规模的扶贫车间时，他们高悬着的心就回归原位了。他们所担心的事情，早就有人筹谋好了：引进甘肃省腾达实业有限公司，由省政府办公厅协调产业发展资金300万元，在山水雅园建立扶贫车间，让山背罗湾人在家门口就业挣钱，彻底解决他们今后的生计问题。

2018年8月25日，腾达实业宕昌县扶贫车间的普惠手套加工厂举行了简单的揭牌仪式后，一次性订购的200台手套加工机器中，有60台如期到位，并在这一天正式开机投入生产。接着，缝制、编织等车间也开始运转。扶贫车间共招收女工120余人，其中三分之二是住在山水雅园的山背罗湾两村建档立卡贫困户内的妇女。车间加工的校服、工装、白大褂、衬衫、床上用品、地毯、麻鞋、手套等成品，还未出厂就被省内的各大工厂、学校、医院、宾馆预先订购一空，所生产的地毯还销往天津、青岛等大城市。

走进一边的扶贫车间，看到的是一个个埋头忙着手里活计的妇女，她们胸前带着腾达实业的统一工作牌，有的在缝纫机前缝制衣服，有的在架子前绕羊毛线，有的在打好的图版上织地毯，有的在清理装好箱子的成品。在她们身边，整齐地堆放着做好的校服、工装、白大褂、迷彩服、衬衫、床上用品、麻鞋；一面墙上挂着几幅织好的羊毛挂毯，上面分别印着栩栩如生的山水、花草或鸟兽，其中最大的那幅上面织的是官鹅沟的山水景观，那山那水虽然定格在布上，却好似有形有声，看一眼就让人心向往之。

另一边是手套编织车间，里面还是清一色的女工，她们站在手套机前，把一次成形的手套从这头取出来，双手麻利地码放在另一头的车槽内打胶压制，再出来的就是一双双白色的线手套了。

细看扶贫车间做工的妇女，年龄层次不一，中年人偏多，也有年龄偏大一些的。她们说着方言，一听就知道是来自于不同地方的农村，但多数操着山背罗湾那一带的口音。也对，这是专门为山背罗湾人建成的扶贫车间，招工时自然会对这两个村的人优先了。山背罗湾的这些妇女曾经长年生活在高半山上，除了照顾一家老小，还要帮忙耕种维持全家生计的几亩卧牛田，一年忙到头，能落到自个儿手里的钱微乎其微，需要用钱时，还得伸手向自家男人讨要，这让她们觉得自己一直在靠男人养活。自从搬下山，住进城，情况就发生变化了。帮扶他们的那些“公家人”，一心为两村人将来的生活出路着想，引进省上的大企业，在山水雅园旁边建成了这个扶贫车间。因为都是缝制、编织的手工活，车间一般只招收女工，对年龄倒没有多少要求，只要手脚利索就行。生活在山水雅园小区的妇女们，要么是老公出去打工的年轻媳妇，要么是儿女们外出打工的母亲婆婆，她们的主要任务就是照顾好自家的学生娃，一日三餐之外，其余时间基本空闲。一听扶贫车间需要人手，她们可高兴了，都是做惯针线活的，车间的那些事情难不倒她们。于是，小区里但凡家中能走得开的妇女都成了扶贫车间的工人，她们先是接受三个月的技术培训，这期间会发 1000 多元的生活费，掌握技术后再正式上岗，底薪加计件，每个人每月最少能挣 2200 元的工资，手脚麻利的人可挣到 3000 多元，遇上加班的月份，甚至还有人拿过高达 7000 元的月工资。车间的作息时间正常，这些女工下班后可以按时按点回家给上学的娃娃做饭、照顾老人，家务活一点儿都不耽搁。她们掌握了一门手艺，轻松地挣上了钱，还照顾了家，这样的生活，在山上时谁敢想？如今，真真切切地让她们抓在手里了。

眼下的美好生活，不只是山背罗湾这些当事人当初不敢想，恐怕除他们之外的好多人也不曾料到。精准扶贫不仅让乡村旧貌换新颜，让贫困户过上富裕的生活，还彻底改变了一些人的命运。这几年，社会上流传最广泛的词就是扶贫，精准扶贫，脱贫攻坚。这些词汇，写在纸上，是一种概念，但只要付诸行动，描绘在大地上，它们就是踩着七彩祥云的救世主，用一束束亮光把处于灰暗中的生命送到温暖的彼岸，让他们再次扬帆启航，领略人世间的深情与美好。山背罗湾便是被这一束束光照亮的地方，扶贫车间是诸多温暖之地的一处。放眼看车间里的那些女工，一个个都红光满面的，举手投足间流露出了一种从来没有过的自信，干活的那个专注神情，看着就让人对她们的未来充满了希望。

那个拿着一件做好的工装从缝纫机前起身的女工是车间主管李芳芳，她是罗湾村人，早先在深圳一家制衣厂打工，学会了服装设计、制版、营销等技术，一年下来能挣十几万元。钱是挣下了不少，但随着她和丈夫的常年离家，由公婆照看的两个娃娃的教育却出现了大问题，她想回家好好照顾他们，又实在难以放弃挣钱的机会。举家搬迁时，李芳芳回来帮忙，看到城里高楼上的新房子，整洁宽敞的居住小区，她不再贪恋外面的高薪，果断辞职回家，想着边照顾家中老小，边在县城找个事情干。让她惊喜的是，政府对老百姓真是好得没话说，在家门口建立了扶贫车间，还专程邀请她进厂上班成为主管，挣得钱虽然比深圳那边少，但心中却无比的安全踏实。

李芳芳旁边的女工是山背村的贫困户杨巧花，这会儿她正在赶制一件蓝色的校服，50 多岁的样子，家中有五口人，儿子儿媳去新疆打工了，大孙子在白水川职校学习汽车修理，小孙子上二年级。她和李芳芳一样是扶贫车间的第一批工人，已经干了一年多，做起活来，质量、数量都称得上是师傅级的人。她这一年多挣的钱，除了祖孙三人的日常开销，还稍有节余，这样一来，儿子儿媳打工挣的钱连同村里的分红、土地流转费就都存下了，她说将来要给大孙子在城里再买一套公寓楼。

站在地毯架子前拉线扎花的年轻媳妇身材高挑，长得眉目清秀，手也很巧，只一会儿工夫，一根根纯羊毛线就长成了一座绿意盎然的山，一条清澈见底的河，河边还开满了鲜艳的花朵，真是神奇啊。她就是在山水雅园里和一群老人晒太阳的豆阿婆的儿媳妇袁生花。之前，她把两个娃交给婆婆照看，自己随丈夫在新疆打工，家门口的扶贫车间办起来后，她果断地回到家乡，进扶贫车间当了工人。她有自己的想法，虽说公公婆婆把两个娃儿照看得很好，但他们现在进了城里的学校，学习成绩还不错，这让她看到了另一种希望，那就是让他们好好上学，将来考上大学，以后吃上轻松饭，变得更有出息，活得更有价值。

正麻利地把一双双压好胶的白线手套从机器里取出来的女工是山背村的杨艳强。前些年，她家老人一直患病，还有一双儿女，都需要人照顾，使她不能出去打工挣钱，家中的生活也日况愈下，后来成为村里的建档立卡贫困户，全家人的窘境才慢慢有所好转。搬下山后，她被招进扶贫车间，过上了照顾老人孩子、做工挣钱两不误的理想生活。

还有编织工王芳、袁美惠、杨松花，制衣工朝选明、袁仙艳、李乾龙、李登仙，手套工杨慧英、李启红、豆菊花等等，不是山背罗湾人的女儿，就是嫁过去的媳妇。她们在新生活的天地里，每天笑声不断，收入不断。她们掌握的不仅仅只有技术，充实的工作生活还慢慢塑造出了她们积极向上、独立自强的品格，她们因此而变得更加贤惠孝顺、善良乐助。她们都说：如今这么好的生活是托政府的福，自己没什么大本事，无以报答这份恩情，只有在车间认真做好活计，过好自己的小日子，不给政府脸上抹黑，才算对得起那些帮扶过她们的“公家人”。

三　山湾梦谷

该怎么去说山背罗湾人曾经赖以生存的家园呢？

第一眼，是高耸。

山背罗湾背靠陡峭的化马山，站在那里，山下的村庄、大江、公路都入不了视野，能看到的只是一个空旷幽静的深谷，云雾升腾，山体若隐若现，恍惚间以为已不是人间的地方，而是天上某一位仙人疏于打理的后花园。是啊，海拔1900多米的地方，上不连天，下不沾地，伸手可拨云弄月，低头能掬雾望远。说望远，也只是看到对面山与山之间深深的沟壑，沟壑之外还是山，视线总会被拦截在山之内。那些山，都长得和化马山一个样子，拔地而起，直插云霄，但绝对不是连绵起伏的温顺样子，而似一匹匹桀骜不驯的战马，威风凛凛，雄伟苍劲。更有个性的是，它们身上除了青灰色的岩石，几乎别无他物。那些岩石层次分明，纹理清楚，看起来很松动，好像用手一剥就会一层一层的脱落。其实不然，它们像盔甲一样的刀枪不入，如钢铁一般的坚固不化。透过它们，仿佛能看到千年、万年、亿万年以来，这块土地在自然界的推动下发生的一场场变化。天竞物择，适者生存。它们，最终留下来了，那是经过无数次风雨侵蚀之后聚集在一起的“精华”。然而，何其幸，何其不幸。这些“精华”让一座座高山更显威风，却不知它们身上的坚硬和冰冷，已成为这块土地最贫瘠最苦难的根源。在很长时间里，它们像一把寒光闪闪的匕首，直接伤害着无数最亲近的人。这些人曾经不惜余力的抗争过，只是收效微弱，甚至无济于事，那种贫瘠是扎了根的，没有外力，渺小的生命个体又如何撼动得了。

再一眼，是苍凉。

再高大的山，只要长满绿色的植物，听到水声，就会让人想到山清水秀，从而心生希望。但在这高高的化马山上，丝毫看不到人类的生命源泉——水的痕迹。不奢求河流、湖泊、瀑布，哪怕一条缓缓流淌的小溪，一汪碗口大小的山泉，好像也难以找到。也许，小溪或者山泉都藏在隐蔽处，只有非常熟悉的人才能与它们见面。这，足以看出它们的金贵。在相对平缓的地带，青灰色山石之间横七竖八地躺着另外一种颜色：黄色。那是土地的本色，是山背罗湾人耕种了一年又一年的庄稼地，因为乱石毫无章法的到处安营扎寨，这些耕地为了自保只能随石而就，把自己切割成一小块一小块，然后见缝插针地置身其中，有好多还没有它们主人家里的土炕大。当地人给这些庄稼地起了一个很贴切的名字：卧牛田。就是这样的卧牛田，也没有多余的，人均不足 1 亩。用当地人口口相传的一首诗来形容还真是再恰当不过：

山是石头山，插在云里面。
田是卧牛田，挂在半山间。

就是这样的山，这样的田，却不知供养了多少代山背罗湾人。昔日村庄的破败痕迹还留在原地，依稀间眼前出现了无数踽踽行走、哧哧劳作的身影，心中对生命的敬畏油然而生，还有行走于浩瀚沙漠时才会有的那种悲壮，即使这里是山背罗湾，山大沟深，与沙漠是迥然不同的两种生态，但荒凉和孤廖的感觉是那般相似。还好，再细看时，发现了山石间的树：枝干像狂草书法一样的柿树，高大的栗树，蓬勃的槐树、榆树，只是数量特别的少，分散在空旷荒芜的山坡上，几乎让人忽略。不过，慰情聊胜无，有了它们，这块土地终究是有了一点带生机的颜色。

倒是在海拔 2000 多米的山顶，一大片茂密苍绿的树林岿然不动地站在峭壁上，像遗世孑立的高人，又仿佛是挡在山背罗湾人头上的一道绿色屏障，让人肃然起敬。偶尔有老鹰长啸几声，从高空飞过，林子哗哗作响，传出一阵啁啾声，很悦耳，仿佛天籁。

那条沿山体盘旋而上的大路，现于梁间，隐于弯道，而那梁、那弯，缠绕了一道又一道。土家族的民歌里唱道：“这里的山路十八弯。”山背罗湾的路，又何止十八弯。远远望去，原本一条长长的路像是刻画在山上的一段段曲折的线条。这些线条，让苍凉的高山多出几分柔软，有了尘世间烟火的温暖，也让心中滋生出几分对外面的向往。这条带给山背罗湾人温暖和向往的大路，是近几年才修成的。在这之前，山背罗湾人出行唯一能行走的路就只有一条陡峭的羊肠小道，所以，村里相当一部分人去得最远的地方就是从山背到罗湾，或者从罗湾到山背。不难想象，那时候两个村庄的人过着怎样与世隔绝、落后贫穷的生活。大路通行以后，山背罗湾人的艰难现状慢慢得到了一些改变，但与苍凉的大山，悲壮的自然生态带来的种种劣迹相比，不过是“沧海一粟”。

贫穷对山背罗湾人而言，已不是勤劳和奋斗就能解决的问题。他们自己说：穷，就像人畜混住的环境侵入在山背罗湾人身上的气味一样，洗不掉了。

可能有人会问，山背罗湾两村不是隶属宕昌县两河口镇吗？之所以叫两河口，是因岷江和白龙江两水在此交汇而得名。两江皆大，两水泱泱，这该是一个水资源极其丰富的地方，更何况白龙江还从化马山脚下流过，又有 212 国道穿域而过。这，又能怎么样，并不是所有的事情都是近水楼台先得月。山背罗湾虽说距离两河口镇 14 公里，但它身处海拔 1900 多米的高寒地带，落在身上的代名词不是偏远、落后，就是贫瘠、干涸。山下江水滔滔，站在山上隐约看得见，听得到，就是摸不着，用不上。山背罗湾人就像住在上甘岭上，水在他们眼里有时候比油还要金贵。山背罗湾人常常望江兴叹，埋怨自己的先人当年为啥脚功那么好，要爬到如此高的地方安家。而山下的人，仰望高高的山背罗湾，觉得那里有着他们欣赏不到的风景，会心生向往。这应该就是大自然的魅力所在吧，让世界在高深莫测的变幻中呈现出丰富多彩，无论是富足、愉悦，还是苦难、颓废，都是生命所必须承受的重量。

最初的视觉冲击之后，留下的是一片静谧，尘世间的喧哗和浮躁一扫而空，只觉得在繁忙紧张的生活之余，遇到这么一处放空心灵的安静之地真是幸运：地域空旷，丝毫没有工业污染的痕迹；阳光通透，空气清新，气候适宜。假以时日，依靠人的力量，引水上山，恢复植被，让绿色多起来，这里不就是一处现代人心目中理想的康养之地吗？

作家欧阳黔森对乌蒙山脉有了最初的了解后，在他的长篇小说《绝地逢生》的扉页写下过这样的话：美丽，但极度贫困，这是喀斯特严重石漠化地貌的典型特征，被联合国教科文组织划分为“不适合人类居住的地方”。

“美丽，但极度贫穷！”也正是山背罗湾的写照。大自然披在山背罗湾身上的外衣，无论是贫瘠还是苍凉，都是一种给予。正是因为这种给予，让位于岷山之阴、秦岭之西的山背罗湾，在苦难的色彩下，有了不一样的美——天地阴阳之气充溢下的大美。看惯了秦岭山脉的葳蕤与秀美，突然看到如此天壤之别的景致，一定会身心震撼，惊叹不已。天地玄黄，宇宙洪荒的真谛，这里无处不在。有时候，苍凉和悲壮会胜却人间无数的喧闹。

最初带着族人爬上山背罗湾，决定留下来长期居住的那位罗姓族长，应该就是留恋它的高高在上和与世隔绝。那时候，或者后来的很长一段时间，他们和他们的子孙后代在山上生活的一定很幸福，那个地方俨然就是他们寻找已久的乐土。日月轮回，四季交替，社会不断地发展，人们不再满足于吃饱穿暖，对生活品质的要求和追求越来越高。山背罗湾地处偏远，消息闭塞，村民们的农耕生活极其不易，但他们心思单纯，心中的欲望不多，几十年如一日地从艰难中走了过来。这些年山下人的生活变化实在太快，看得久了，听得多了，他们开始意识到自己和人家的距离已不是一座海拔1900多米的高山，而是相差了几十年。那红砖青瓦的房子、平坦宽阔的公路，大块大块的农田、用不完的水资源、夜间明亮的电灯，都让他们无比向往，但这一切却又离他们那么遥远，天堂一般，连出现在梦里的概率都很低。可是，怎么办，天堂里的诱惑谁又能抵挡得住呢！山背罗湾人心中嫉妒、失落之时，生出了许多想法，并开始谋划，使出全身的力气想要改变现状，去实现心中所向往的那一个个美好。然而，想法再丰满，也要有接纳它的沃土，而山背罗湾人的家园里长满一根根无形的绳索，长期以来不但捆绑着所有人的手脚，还禁锢着所有人的思想，如今他们即使心存美好，想要为之倾尽力气和智慧，但那些绳索又岂是一朝一夕能斩断的。

有想法、有谋划、有行动的山背罗湾人得不到自己想要的回报，心中甚是苦恼，年轻人更是沮丧，父辈们的一生就是他们今后的写照，再折腾也是一眼望到头的穷苦日子。他们说，这是山背罗湾人的命，得认！

后来，山背罗湾的年轻人就知道他们的想法过于武断了。

山背罗湾这个地方的艰难贫苦是老天注定，与它相依为命的生命个体或群体可能一度无能为力，但遇上另外一些人，一些事，那些难那些苦就不再是天命难违。亲眼见证的事实让山背罗湾年轻人改变想法的时候，时间已进入 2015 年。那时候，他们眼睁睁地看着山下人的生活日新月异，自己除了积攒沮丧和无望的情绪，好像别无出路。幸好，以人为本的中国式扶贫已轰轰烈烈地在全国各地展开了，偏远的山背、罗湾两村也成为重点扶贫对象。一度被当地人认为扎根在高山上的穷和苦，在时代的壮举面前，终于被赶跑了。

山背罗湾人在山上受尽了地域之苦，但终究还是有福气的。宕昌县的扶贫工作开始不久，山背罗湾两个村就成为甘肃省政府办公厅的扶贫点，还由省政府的主要领导亲自帮扶。“民亦劳止，汔可小康。”在群策群力下，两村人挪穷窝，拔穷根，全部举家搬迁至县城。城南的山水雅园是他们的主要安置点。两村人刚搬进城的那会儿很是不习惯，尤其老人们，不会用马桶，不敢用天然气，日常生活束手束脚的；随手丢垃圾的毛病总是改不了，城里人老说他们没素质；没有卧牛田可种，浑身的力气无处使，闲得不自在。不过，这又有什么关系呢？由古猿进化来的人类，经过时间的洗礼，所有阻碍人类进步的元素都被改变，时代变迁，社会进步，人类一步步走向了文明。搬下高山，住进高楼，山背罗湾人梦里都在笑，至于生活中的那些不适应，他们很快就克服了。一个时期以后，住在山水雅园小区的山背罗湾人已是新时代的文明居民了。只有一件事情让许多老人一直念叨着没完，那就是城里没有地种，劳作惯了的身体闲得太难受。念叨归念叨，他们还是明白有失必有得的道理，何况还是丢了芝麻，捡了西瓜的大好事。日子好起来了，儿女们在打拼，用不着他们再面朝黄土背朝天地辛苦下去了。其实，这些老人也没闲着，还有别的事情干：做家务，照顾上学的孙子，让儿女们没有后顾之忧，能安心出去打工，或者在家门口当工人。他们常常坐在一起开玩笑说，几年后，说不定他们的孙子孙女能为宕昌县的高考夺魁争冠，或者打工的儿女们干出几个富翁，到那时，他们这些老家伙也算是对社会有贡献的人了。

过去的农村人单纯而实惠，守着自己的几亩庄稼地，再喂养一些家畜，日出而作，日落而息，只盼着风调雨顺，五谷丰登，全家人能吃饱穿暖，有房子住，有余粮，就是再好不过的日子了。这样的愿望山背罗湾人也有，为了实现这一愿望，他们比其他地方的人更拼搏，更努力，甚至还要与天斗，与地争。尽管如此不惜余力，但似乎并没有唤起上天的怜悯，艰难的生活处境一直没有发生多少改变，直到精准扶贫的号角吹响，他们迎来了从省城到地方的许多心系百姓的能人志士，从此便走上了做梦都不曾梦到的康庄大道。

那些能人志士初次爬上化马山，看到山背罗湾不适合人居住的现状，被深深地刺痛了，他们帮扶的心情更迫切，帮扶的

山湾梦谷掠影

山湾梦谷掠影

山湾梦谷掠影

山湾梦谷掠影

山湾梦谷掠影

山湾梦谷掠影

山湾梦谷掠影

山湾梦谷掠影

力度也更大。山背罗湾人开始是惊诧而质疑的，但下山的公路修通了，村庄面貌变好了，一系列惠民政策落实，他们的生活条件越来越好了。大家开始相信，从山下来的那些“公家人”以及企业家们，都是一心一意想要帮助他们过上好日子的人。后来，又发生了一件震撼人心的大事：山背罗湾要整村搬迁，还是搬到城里去。这多么让人不可置信，但却千真万确，他们从山上人变成了县城人。这简直是天上掉金元宝的事啊！

喜悦之声响彻山谷沟壑，被乱石压身的化马山从沉睡中惊醒，它从来没有在自己的地盘上见过这么喜庆热闹的场面。看着看着，化马山懂了，山背罗湾人这是要搬家了。千十号人，全部都要搬进城？真是不敢相信。化马山把眼睛又睁大了点，看到长长的车队、人群走下山，往城里的方向去了，那整村搬迁是真的喽！化马山常听人类拿“愚公移山”的精神来鼓舞同伴，觉得很不屑，如今，一睹风采，不信也得信。

“没有比人更高的山，没有比脚更长的路。”前不久，有人站在化马山头上，大声吟诵这句诗时，化马山还从心里给予了嘲讽。这才多久，眼前的情景很好的就做了诠释。彻底醒悟的化马山笑了，与身上的乱石、卧牛田、干枯的草木以及天空的云、风、太阳、月亮、星星，一起笑容满面地护送那些曾与它们相依为命的山背罗湾人下山，去过更好的日子。这种离别，很伤感，也很欣慰。造物无言却有情，化马山知道，一直以来它与这些人相处的并不和谐，因为自己身体的特质，这些人吃尽了苦头，它其实很歉疚很自责，但这由不得它呀。现在好了，山背罗湾人终于摆脱它的禁锢，苦尽甘来了。一段时日后，再见到搬止新居后过上好日子的山背罗湾人，化马山感觉到他们身上有了一种不同以往的精气神，还真是“士别三日，当刮目相看”。

化马山的感觉没错，山背罗湾两村的 282 户 1183 口人搬进城里的新居后，的确发生了脱胎换骨的变化。发自内心的笑容、自信的气质、整洁清爽的面容，都是在山上生活的那些年不曾见过的。

与此同时，化马山再一次见证了人类的伟大。

这一次，发生的事情是关乎化马山自己命运的。化马山看着看着，又笑了，是心花怒放的那种笑，而且再也合不拢嘴。这等大好事，只要清醒着，不想笑都难。山背罗湾两村人搬走后，一直以偏远落后、贫瘠干涸为代名词的化马山，被重新梳妆打扮，成了宕昌县山湾梦谷古羌民俗旅游景区。瞧，这个名字，多高大尚。把山背、罗湾两个村的名字巧妙地结合在一起取“山湾”二字，再赋予“梦谷”的含义：山湾梦谷！这寓意既纯朴又宽广。中国梦，是实现中华民族伟大复兴的梦，那山湾梦谷就是山背罗湾人梦想得以实现的地方。把当地的文化特色融入其中，山湾梦谷就会成为天下独一无二的旅游景区。如此华丽的转身，化马山知道自己和山背罗湾人一样，遇到福星了，还是长了慧眼的福星。化马山相信，这一定是一次相互成就的睿智选择。这些年，它站得高，看到的事情也多，现代人在物质生活变得丰富之后，对精神生活有了更高的追求，旅游就是其中之一，乡村旅游又更得人青睐。宕昌县的旅游业近年来已插上文化的翅膀开始腾飞，这应该是交通快速发展的功劳。铁路、高速路，像网一样从宕昌县撒向四面八方，四面八方的人又像潮水一样涌进了宕昌县。哈达铺意义非凡的红色文化，官鹅沟旖旎的自然山水景观，都是旅游一族无法拒绝的诱惑。这是大宕昌的好事，作为众山中的一员，化马山看在眼里，喜在心中，不过也挺委屈的。要说风景，它知道自己没有官鹅沟的群山怡丽青隽，更没有天池、天瀑可以悦人无数，但它与生俱来的高大与苍凉，是生态中另一种不同的味道，是独一无二的美。高耸入云，山峰奇立；瘦石密布，山路盘盘；碉楼隐隐，古屋幽幽；远离尘嚣，如入世外；远可眺岷山雪峰，近可闻虫鸣鸟语；上有宕昌国历史可怀古，下有古羌族文化可追溯；昂首能同日月星辰深情，低头又与五谷草木对白。只是，这一切都被淹没在山背罗湾人的穷苦中，久而久之，连化马山自己都觉得自己罪孽深重，让那么朴实勤劳的一群人长期处于生活的苦难中。不过，人世间的事情还真让化马山这自然之身无法预料，好事说来就来，化马山终于从沉寂中被叫醒，精神抖擞地站了起来，等待后面的精雕细琢。这大概就是人类常说的“三十年河东，三十年河西”吧。可能，化马山原本就是一块璞玉，长久的沉寂就是为了等待这一伟大时刻的到来。

道法自然，天人合一，必有最好的结局和福报。

得知山背罗湾人全部要搬走的消息那会儿，化马山就隐隐约约听到一些关于自己要被开发的传言，它哪里敢当真，一个长期拖全县人民后腿的偏远之地，还有开发利用的价值？真正确定这个消息是在2017年的初秋，化马山当时都蒙了，激动的一身身出汗，还是从对面山谷吹过来的凉风让它慢慢平静下来：这是被遗忘得太久了，以为自己真的一无是处，幸亏那些公家人慧眼识珠。他们一拨一拨地来到山背罗湾，说一定要让这个地方涅槃重生。他们讲道：要充分利用化马山的优势，开发打造出一个人人为之动心，为之向往的旅游景区，同时也要让山背罗湾人在家门口就业，挣钱，真正做到"搬得出、稳得住、能致富"。

化马山还记得那年的初秋，深受山背罗湾人感激的唐仁健同志再次来到村里，那天的天气格外好，天空碧蓝如洗，灿烂的阳光如水一样泼洒在它身上，周边的一座座山看起来都比平日里干净清新许多，风轻轻吹过，带走了空气中的温热，让人觉得舒服又惬意。那一次，唐仁健同志说了好多触动山背罗湾人内心的话，同行的还有重庆绿化产业投资建设有限公司的董事长邱本良先生，他是一位有胸怀有气度的商人，他计划分期投资6.5亿元开发打造山湾梦谷景区，仅田园综合体就占地3551亩，不但有对农田、林地、花果林进行土壤改造和植被栽培的延续项目，还有景观艺术田园、景观花海、经济背景林、有机蔬果园等等新建项目。邱本良先生说："旅游开发是一项系统、庞大的社会工程，投资大，周期长，尤其山湾梦谷这块要打造成民俗旅游的处女地，投入相当大，短时期内不用期望利润回报。不过，我们公司对于这块土地的开发，不仅仅是为了盈利，而是更注重它深远的社会意义，那就是助推当地的脱贫攻坚和乡村振兴。景区开发打造的过程中，需要大量的工人参与，建成之后又会成为当地老百姓长期打工挣钱的固定基地。所以，这是造福于一方百姓的项目，我们要用更深远的情感和更博大的胸怀来做好这件事情。"

在多数人的认知里，商人重利，这也无可厚非，利润是企业生存的根本和保障，但重庆绿投公司从开发山湾梦谷的那一刻起，他就已经给山背罗湾人创造了一个长期在家门口就业挣钱的机会。山湾梦谷今后发展起来，最受益的自然还是当地的老百姓。这也解决了当地扶贫工作长期以来无法啃动的硬骨头。宕昌县的主要领导深知这一切来之不易，带领一班人马全力以赴地投入到了山背罗湾两村的搬迁和开发工作中。为官一任，造福一方！能让一个地方的老百姓过上幸福安逸的生活，再奔波再劳累，他们也认为值得。王福全同志这些年主抓全县的旅游产业，在他的用心部署和策划下，官鹅沟、哈达铺现在已成为陇南市两张亮丽的名片，宕昌县的旅游业也以腾飞之势迅速发展起来。这次，为了把山背罗湾开发打造的前期工作做好，王福全经常去山上察看现场，亲自参与景区的布局和规划。他说：“山背罗湾是一个非常有特色的地方，打造开发之后与官鹅沟连成一条旅游线路，将会让宕昌县乃至陇南市的旅游事业更加繁荣昌盛。”

化马山感动了，它看到山背罗湾人也感动了。只不过，在大恩大德面前，他们觉得所有感谢的话语都显得苍白无力，他们能回报的就是为一切美好祈祷，恪守本分，做自己这时候该做的事情。他们都看得明白：由山背罗湾到山湾梦谷，并不仅仅是名字的更替，而是由贫穷落后到富裕文明的转变，是迈进小康生活的源头，是这块土地走向新生活的里程碑。

何谓“忧民之所忧，解民之所急”？

如是也！

在宕昌县的山背罗湾，不但乡亲们在开怀大笑，连高山大川都发出了笑声。

在全国这场深入人心的精准扶贫工程中，值得铭记的事情实在太多，比如宕昌县的“山湾梦谷”，就是应该被当地所有人牢记于心的一个特殊存在，它见证了伟大时代的伟大壮举，展示了“真扶贫，扶真贫，真脱贫”的显著成果。善人行善，从明得明，恶人行恶，从苦得苦。山背罗湾人勤劳善良，最终有了好归宿，但这一切，归根结底是他们遇上了好时代和好时代之下的人。

化马山很庆幸，它能从始至终见证山背罗湾人的过去和现在，至于将来，它觉得看不看都不重要了。当上城里人的山背罗湾人，注定会过上鲜花一样盛开的美好生活，因为山背罗湾那片故土会成为他们最坚实的后盾。

山背罗湾人全部搬进城之后，就有挖掘机、铲车、大卡车开上山，一批项目负责人和技术人员也定住山上，所需要的工人基本上都是山背罗湾和附近几个村的，以贫困户为先。这些人中有些是一直留守在家的，有些是在外面打工，听说老家要开发打造成旅游景区，需要大量工人，便辞工回来的。要不是生计所逼，谁又愿意抛家舍子，去一个陌生的地方谋生呢？每天搬砖扛水泥，亲手砌成一幢幢高楼大厦，却没有一砖一瓦可以替自己遮风挡雨，那滋味真是不好受呀。回到家门口，挣钱不算少，还能吃上一口热乎饭，家中的老小也可以照顾上，这才是他们想要过的生活。“问渠那得清如许，为有源头活水来。”山背罗湾人心中对邱本良和他的重庆绿投公司充满了深深的感恩，对那些把他们送上康庄大道的诸多公家人生出了真正的敬意。

最初，听到“农村资源变资产、资金变股金、农民变股东”的“三变改革”，山背罗湾人压根儿就不相信。但是，重庆绿投公司的投资，几个专业合作社的产生，真把这“三变改革”在村里落实到位了。土地被租赁，又用国家配发的产业扶持资金入股专业合作社，乡亲们摇身一变成为股东，只等定期分红；村上建成的养鸡场和果蔬合作社承包给了能人大户，所得资金按比例用于村集体和贫困户分红。村民们拿着分红，又能到家门口的工厂、合作社、旅游景区打工，这多么好。多渠道的收入让乡亲们的腰包鼓起来了，大家心里乐呵得半夜做梦都会笑出声来。

历时两年，至2020年年底，山湾梦谷景区工程已进入第三期，工程负责人说还将继续开发第四期、第五期，与山顶连起来，建成一条观光索道，方便游人上下游玩赏景。即使工程还在实施中，眼下的山湾梦谷俨然已是一处如诗似画的民俗村：遍地花草绿植，鸟鸣蝶舞；小桥、流水、亭台、楼阁，错落有致地排列其中；四周是盛开的月季花，生长旺盛的油橄榄、竹子；相互映衬的蓝天、白云、高山、大川，更让山湾梦谷呈现出一种气势磅礴的大美。美景之间，具有羌寨风情的民俗酒店已建成，它就像站立在云端的一座华丽宫殿，能给予游人天上来客的别样体验。曾经破败的农舍并没有全部拆除，它们短则数十年，长则上百年，经过重新修整装饰后，被文化人冠以雅致又诗意的名字：飞梦阁、清梦屋、圆梦庭、逸梦轩，陶梦源……走近它们，心中积聚的乡愁便有了归宿。

再把目光扯向来时的必经之地：化马山脚下的化马村，那里除了彻夜流淌的白龙江、古寨风情，还有树龄高达1700多年的三国古槐，清朝康熙年间的摩崖石刻——天沆永博，以及被人们津津乐道的化马神泉、神石的古老传说，这些都为山湾梦谷古羌民俗村添了香增了色，让其内核变得更加充实丰盈。

民俗酒店的门楣上，以“山湾梦谷”为横额，写着一副对联：

上联：青山醒梦，脱贫原野宜风采；

下联：绿水漪歌，致富蓝图化曙光。

背面，也题有一幅，以“梦园”为横额：

上联：羌寨沐春风，千载沧桑圆好梦；

下联：山湾承喜雨，一朝兴盛谱华章。

习近平总书记2015年6月16日到遵义花茂村参观，看到村里保留尚好的旧物民俗时说：“怪不得大家都来这里了，在这里找到了乡愁。”他还说：“要守住发展和生态这两条底线。”

发展，生态，这两条底线，今天的山湾梦谷守住了。山湾梦谷更是一个盛满乡愁的地方，在这里，可以望得见山，看得见水，记得住乡愁，留得住思念。它承载着民众的“脱贫圆梦”，寄托着中华的“复兴大梦”，回荡着地域的“故园幽梦”，放飞着游客的“奇缘仙梦”，凸显着陇南的“绿色追梦”。这一个又一个梦，是因地制宜挖掘乡村价值的有力彰显，是山背罗湾人美好生活的开端和延续，更是建设美丽乡村，振兴农村各项事业的奠基石。

四　故土盛景

在初冬这个晴朗的早晨，住在山水雅园的山背罗湾人，聚集在小区院子里又说又笑地晒着太阳，像过年一样热闹。罗晓东、李志远几个人和乡亲们说笑了一会儿，从小区里出来，坐车到达山背罗湾时已是正午，镇上的包片领导王兴文副书记和杨高学、豆俊学三个人已经站在路边等着他们了。两组人马汇合，商量完近期的工作后，便移步向生活周转房那边住的“五保户”家中走去。

太阳下的山背罗湾暖意融融的，一排排崭新的塑钢瓦房被阳光照得熠熠生辉，有的房前面还挂着一串串红彤彤的辣椒，远远看去就像从房子上开出来的一树树大红色的花朵。这两年，山背罗湾的种植业慢慢发展起来，除了盛产当归、党参等中药材外，被人们称作“双椒”的辣椒、花椒产业一年比一年收益多。为了解决“双椒”的销路问题，山湾梦谷民俗酒店的餐厅开发了以火锅为主的食品，这是在重庆火锅的基础上生成的，所用底料和食材主要来源于当地。接下来，民俗村还要购买设备，修建辣椒加工厂，生产家用、商用两种火锅底料，这样一来，“双椒”产业的需求量会更大，受益最大的自然是种植户。

那一排排塑钢瓦房，当初建的时候，政府称之为生活周转房，在搬进城的山背罗湾人眼里，它是山上的另一个家。从生活了一辈子的地方离开，虽然喜绝对大于忧，但心中难免会失落，尤其上了年纪的老人们，时常惦记着它的菜园子、药材地。故土难离啊！没想到，他们遇上的福星还非常的善解人意，首先考虑到了这一些，在各家各户搬进城之际，又在两村的旧址上给每户人修建了占地面种 27 平方米的生活周转房，里面有隔开的卧室、灶房、饭厅，日常生活用品一应俱全，水、电、网全部接通，俨然一个小家的样子。在城里生活的山背罗湾人隔几天可以上一趟山，吃住在周转房里，侍弄一下园子里的蔬菜，管理一遍地里的药材。有些老人，在城里待得久了，可以回到山上，看看想念的物事，接接地气。在山湾梦谷旅游景区做工的人，劳动一天后，回到家一样的周转房，方便又舒适。山背罗湾人现在提起生活周转房，都说这对他们来说是惊喜之外的惊喜。他们当初绝对没有想到"公家人"考虑问题会这么全面周到，不但大事上处处为老百姓们着想，连生活中的一些细枝末节都做得尽善尽美。

2020 庚子年，豆新华老人已经 95 岁了，除听觉有毛病外，身体蛮好的，生活完全能自理，老人生性乐观，爱说爱笑，但满口的牙齿掉光了，干瘪的嘴巴一说话就漏风，含糊不清。他老伴 91 岁，身体大不如他，长年卧病在炕上。当初，两位耄耋老人听到全村人要搬进城里去生活的事情，说什么都不愿意去，儿女们正发愁呢，生活周转房建起了，两位老人便留在山上，30 多岁的孙子豆争光因为身体缺陷一直未成家，也不愿意进城生活，留下来一边照顾他们的生活起居，一边在景区打工。村里像他们这样的老人还有好几个，一年多半时间都住在生活周转房里，偶尔去城里的新家住几天，看看儿女们的新生活，就又返回山上了。

两个村的 9 名“五保户”，虽然鳏寡，但都有劳动能力，觉得一人吃饱全家不饿，到城里去生活还不如山上自给自足来得自在，便留在了周转房里，帮扶工作队的人和村干部时常会带些生活用品上山来看望他们，村医也会定期给他们检查身体。那条盘山公路上，每天上山下山的车流不断，留在山上的人需要去镇上、城里采购，再方便不过。豆新华老人常常站在大路上，看着山上的情景，又望望山下，用那干瘪的嘴巴自言自语：“山背罗湾人现在过得是神仙日子，神仙日子呀!”

就说这个阳光明媚的正午，生活周转房前面的空地上，有人正弯腰晾晒药材、辣椒等秋收之物；有人端着茶杯，在太阳下闲坐喝茶，看山望云；两三个老阿婆坐在一起做鞋底拉家常，说自家的儿子在外面打工挣了多少钱，媳妇在扶贫车间每月领的工资够一家人日常开销了。

瞧，被阳光照得最亮的地方，那个闭着眼睛半躺在摇椅上的人正是豆新华。花白的胡子，核桃皮一样的脸，瘦骨嶙峋的手，还有他身上散发的老人气息，都传递着近一个世纪的岁月在他身上刻下的沧桑。此刻，他晒得好舒服哦。

那位老阿婆又是谁呢？正把一簸箕板蓝根倒在周转房前面的空地上，一根一根地拨开晾晒呢。

再往前看，那个男人是豆新学，他在取墙上挂的几串干辣椒。豆新学本来在小区的扶贫车间做后勤工，今天一个饭店的老板要收购他的辣椒，他便请假上山来取东西了。

大路上背着背篓的人是村里的“五保户”李来生，70 多岁了，身体硬朗，闲不住，常去合作社的养鸡场打零工。他呢，每天吃晚饭时喜欢小酌两杯，打零工挣得钱够他买酒了。

从山背到罗湾十多里的公路上，站满了手持镢头、铁锨的乡亲们，他们有的在挖坑，有的在把玫瑰苗往坑里栽。别看他们说说笑笑的，手底下的活计一点儿都没有耽误，转眼间一个坑挖好，把一米左右的玫瑰苗放进去，一提，二踩，三埋土，栽得端端正正的。一整天下来，每个人都能从山湾梦谷民俗村领取 120—200 元的报酬。大面积开发打造的景区，正是用人之际，只要愿意，这些人每天都有钱可挣。春天那会儿，他们在民俗村的角角落落还种下了格桑花、十样锦、满天星、向日葵等草本植物。进入夏季，那些植物就开花了，五颜六色的花朵，仿佛披在民俗村身上的盛装，几十里开外就能嗅到清雅的花香。再走近，美得让人只想置身其中，忘记一切烦忧，只与他们一起共度良辰。来年，那一片花海之外，又增加了新植的十几里路上的玫瑰花，想一想，那将是何其盛大的一场花事啊！

哦，对了，柿子可以说是化马山这一带的特产，那些分散在山坡上的柿子树，春夏秋三季时除了增加点绿色，倒没什么特别的，但在冬日里，却成了一道夺人眼球的风景。树上的叶子落尽，红艳艳的柿子像红灯笼一样醒目地挑在苍劲的枝干上，遇上阳光，一个个晶莹剔透的，看着它们，再坚硬的心都会慢慢变得柔软。

三轮磨，水缠呢，我不爱你时你粘呢，如今我愿意时你嫌呢，叫我的心上啊么了然呢！

突然，云端之巅的民俗酒店瑜伽台上传来男子的吼唱声，像是北面岷县那边的口音，粗犷有力，仿佛要把大山穿透。周转房前面的人，大路边上栽花苗的人，屋里待的人，都听见了那一声吼唱，很熟悉的岷州花儿，竖起耳朵要往下听，却又再无声响。大伙儿猜想那人十有八九是岷县过来打工的，在山湾梦谷民俗村干活的男人不少，有相当一部分是岷县人。说起这个话题，大家都很激动，想当初再穷不过的山背罗湾，如今连外县人都赶来打工挣钱了，真的是世事难料啊。说笑间，栽花苗的人你一句我一句的就把曲子信口唱开了：

大河沿上细叶柳，抓住妹妹的绵绵手，有心坐着没心走，好比葡萄糯米酒，多会儿得到哥的手，热腾腾地咬一口。

妹像卷心尕白菜，园里长到园子外，人又心疼嘴又乖，指头在一弹水出来。

太阳渐渐西斜，地上的寒气慢慢浮上来，周转房前的老人们进屋，把炉子里的火捯饬旺，开始准备晚饭了。外面做工的人，还在继续忙碌着，说唱声此起彼伏，好像要把那些冬眠的花草树木都要吵醒似的。

罗晓东他们从“五保户”和豆新华几位老人的家中出来，站在大路上，都笑容满面地看着眼前热闹的劳动场面。罗晓东还很有感触地说：“此情此景，让我又想起初来时这里贫穷荒芜的样子，这才不长时间，就发生了让人意想不到的变化，真像做梦一样。我很庆幸能来到山背罗湾驻村帮扶，亲眼见证一个村庄从贫穷走向富裕，见证乡亲们从苦难中脱离，进入美好生活的幸福和快乐，这应该是我一生之中最有成就感的一段工作经历了。”

王兴文也被感染了，感慨道：“是啊，想想过去的山背罗湾，再看看眼前，便觉得这几年不分昼夜地忙碌和辛苦都值了。习近平总书记在视察遵义花茂村时讲过许多鼓舞人心的话，‘党中央制定的政策好不好，要看乡亲们是哭还是笑’这句就是那个时候讲的，我觉得我们在山背罗湾的帮扶工作达到了这个要求。精准扶贫在山背罗湾开展以来，要说最直观的变化就是村容村貌一天比一天整洁美观，乡亲们的精神面貌一天比一天充满自信，村里的笑声一天比一天响亮。尤其搬进城，乡亲们过上了做梦都不敢想的好日子，再回来以另一种身份建设老家，这种变化连我们当干部的都心生羡慕。你们看眼前的这劳动场面，热火朝天的，山上的寒气好像都给逼走了。”

王兴文是宕昌当地人，自参加工作以来，就一直在乡镇工作，人虽然年轻，但工作起来绝不马虎。2017 年底调到两河口镇任党委副书记后，就一直在山背罗湾几个村驻村包片，那里的生活条件有多艰苦，乡亲们的日子有多艰难，他比谁都清楚。扶贫工作开展以后，他越来越看到，像山背罗湾这种生态独特的不利于人生存的地方，靠落实低保、维修房屋、民政救助等一系列的“输血”功能，除了缓解眼前的困难，是无法真正让贫困人口脱贫的。当然，刚开始帮扶的单位、帮扶人也做了很多工作，但对于深度贫困的山背罗湾，那些只能是毛毛雨，拔不掉穷根，治不了穷病。想不到，山背罗湾人福气重，天不眷顾人眷顾，省政府办公厅的驻村帮扶工作队来了，并引来一些有慈善之心的人，实施整村扶贫搬迁，建成扶贫车间，开发打造旅游景区，兴办种植养殖产业。这些高起点、大动作的扶贫措施，真正斩断了山背罗湾人的穷根，修筑了持续发展的致富之路。从“输血”到“造血”，犹如破茧成蝶、春笋破土，在苦难生活中不知煎熬了多少个春夏秋冬，山背罗湾人终于过上好日子，他们脚下的土地也浴火重生，以巧笑倩兮，美目盼兮的姿容站立于海拔 1900 多米的化马山上。这是一种跨越，是一切灰暗的终点和一切美好的起点。这个过程，投入了多少财力、物力，倾注了多少人的心血和汗水，山背罗湾的老百姓不甚清楚，但王兴文是知道的。从省到市到县的各级主要领导都在这里留下了扶贫的脚印和真情。正因为有这些领导英明的决策和部署，他们这些最基层的干部，哪怕忙得连自己生病的父母妻儿都顾不上，也毫无怨言。“宁可苦干，不可苦熬”这种宕昌精神正是他们的写照，而扶贫的价值和意义，是他们“舍小我而利公，行大道而忘我”的最大动力。

“王书记，难得看到你感性的一面，我以为你只会埋头干工作呢。”李志远看着王兴文开玩笑说。他虽然是2020年初才来山背罗湾驻村帮扶的，但近一年来因为工作，常和王兴文在一起，看到的就是一个务实、认真、少言、能力水平过硬的年轻乡镇干部，像今天这样大发感慨的时候还真少见，尤其那句“山上的寒气好像都给逼走了”，就像在作诗。还别说，这句话说得真好，此时他就如沐春风，心中热乎乎的。

王兴文眼观远处，沉默了一会儿，说道：“我是真为山背罗湾人高兴啊！”可能是心情激动的缘故，他的声音里夹杂着一丝丝颤抖，大伙儿都听出来了，一时竟没有人再说话，只像他一样静静地望着夕阳斜照下的前方：苍劲的高山在余晖下明明净净的，虽然离得远，视线不是太清晰，但那闪烁着亮光的一定是山上的石头，时隐时现的白色线条一定是山上的大路。化马山以及它相邻的许多山，除了高好像再无其他，却又偏生让人无法忽略它们的独特，夕阳下的它们和平日里比起来，又增添了不一样的苍劲和雄伟。

这时，路边栽花的人群里有一位男子的声音吆喝过来：“省城来的两个队长，还有王书记，你们说句心里话，我们这里建设好了，有人来旅游吗？你看人家哈达铺、官鹅沟现在都全国知名了，每逢节假日，去那里旅游的人把路都能挤疼，山湾梦谷再咋样修，怕都难以比过人家了。”

“为啥要和哈达铺、官鹅沟相比呢？山湾梦谷和它们同为宕昌的地方，本是一个不可分割的整体。它们起步早，能有今天的局面，不知倾注了多少人的心血和努力。今天的山湾梦谷只要打造好，就会和这两个地方并为一条旅游线路，凭借它们现在的人气，山湾梦谷也会被带动起来。再往大里讲，陇南所有的旅游景点可以说都是一个整体，甚至全甘肃以及周边省份，都会相互影响相互带动。所以，大家作为最大的受益者，一定要把目光放远放长，树立大局意识，只有这样，这里的旅游业才能真正地做大做深做强，长期发展下去。”走近人群的罗晓东微笑着说出了这番话。他在省政府工作的时间长了，考虑问题向来是站位高、思路广，但他清楚农村工作不能钻进条条框框，乡亲们最反感夸夸其谈的大道理，也没有多余的时间去听你讲这些。驻村以来，他秉承“多给老百姓办实事、办好事”的原则，除了必须要开的会议，平日里他不是在贫困户家里转悠，以及时掌握他们的生活状态，就是在田间地头搭把手，或者在晒太阳的人堆里闲聊，不经意间，国家相关的政策规定，就很自然地传达给了乡亲们。久而久之，他已融进乡亲们的生活，成为山背罗湾村的一员。这会儿他的一番话，大伙儿都齐齐称赞说有道理。从外地打工回来的一个年轻人还用

《红楼梦》中的一句诗概括了他的话：“好风凭借力，送我上青天。”接着，这个年轻人停下手中的活计，拍了拍手上的土说：“在这里生活了 20 多年，一直觉得它是世界上最不好的地方，千方百计地想要离开。可是，这次回来，我怎么就觉得这里变美了呢？这种美，好像在其他地方都看不到。”

李志远接过了年轻人的话：“不是这里变美了，而是这里一直都很美，只是过去因为日子苦焦而无多余心思欣赏它，看到什么都觉得不顺眼。如今，你城里有了住房，摇身一变成为这里的工人，过上了衣食无忧、安然舒心的生活，再看什么都会觉得是顺眼，都是好看的。”

“是啊，心若向阳，一切美好。”年轻人很有文艺细胞，一出口就文气十足。

“百姓富，生态美啊！”王兴文借用了习近平总书记的一句话，“山背罗湾人依靠精准扶贫、整村搬迁而全部脱贫，又有扶贫车间、山湾梦谷景区、种植、养殖等产业做支撑，只要大家都勤快点，以后的日子每一天都会是小康水准。”他停顿了一小会儿，接着又语重心长地说道：“大家一定要加倍珍惜现在的好生活，来之不易呀！”

乡亲们争先恐后地说着表决心的话，最后还是罗湾的村书记杨高学指着不远处的一块大石头说：“王书记，放心吧，大家天天从这里经过，大石头上的三句话早都铭记于心了，都是让苦日子过怕了的人，遇上好时代，过上好日子，还想要好上加好呢，而这份恩情，山背罗湾人世代不会忘记。”

夕阳已沉到大山的背后，天色暗下来了，顺着杨高学手指的方向看过去，那里只有一团黑影，但王兴文、罗晓东几个人的眼睛里却闪着光芒，就像看到了那块石头上的六个红色大字：感恩，奋进，圆梦。怎么会看不到呢，那块大石头是他们组织乡亲们立在那里，然后找人把“感恩，奋进，圆梦”六个字用红漆刻上去的。打它端正地站立在那里的第一刻起，它就自带光明自带温暖，再黑的夜里，山背罗湾人只要看到它，就如看到了灯塔，永远都不会迷路。

五　大道之行

从人类文明而言，《诗经》是中华文明非常伟大的一个起始点，它收入自西周初年至春秋中叶大约五百多年的诗歌三百零五篇。有趣的是，它的形成还与当时的养老制度有关系，这是有记载的：

“男年六十，女年五十无子者，官衣食之，使之民间采诗。行人振木铎于路以采诗，献于太师。”

即，男子六十岁、女子五十且没有儿女的人，由国家来给他们衣食供养，但并非是免费供养，需要这些人去民间采诗。这些五六十岁的老人，轻轻地摇动着木铎，行走在各地的田间地头，聆听老百姓以唱诗的方式表达心声，然后他们牢记在心，一起唱给采诗官记录下来，再献于太师，最后由孔子等人编撰成集。

这段记载进入眼帘时，一幅幅采诗的画面也挤进字里行间：三五成群的老人们，沐浴着阳光和风，慢慢行走在美丽的乡村田野，听到田间地头有农妇民女的唱诗声，便停下来，一边看他们耕作，一边跟着学唱。老人们不会写字，所有听来的诗都要记到心里，一遍两遍记不住，多听几遍就都变成自己的了。吃住不用愁，走到哪里，当地的政府都会接待和慰问。这样的生活，想想就让人陶醉，不仅老有所用，老有所养，整天有诗有歌陪伴，还能回味在爱情的甜蜜里快快乐乐地度过光阴。

三千多年前的西周着实让人充满想象，不过，当这种想象与现实的画面重叠时，就会明白对历史的仰望只是为了能迎来更好的现在。瞧，山背罗湾的乡亲们现在过的日子，那叫一个好啊！山水雅园是他们温暖的家，扶贫车间是他们自立、自强的工厂，山湾梦谷是他们寄托乡情的后花园，无论推开哪扇门，里面都装满了令人眼睛发亮、心中颤动的日月。

在当今的盛世乾坤，没有采诗的工作，像豆阿婆、李保红、杨老汉、豆新意、李来生那些老人们，只需做一些在这个年龄力所能及的轻便活，就可安度光阴。不过，说不定在某一天，他们及他们现在过的生活，就会当作最好的题材进入艺术家的慧眼，被写成诗、填成词、谱成曲、作成画，成为传世之作呢。

《礼记·礼运》篇中记载着孔子的一段话：

大道之行也，天下为公。选贤与能，讲信修睦，故人不独亲其亲，不独子其子；使老有所终，壮有所用，幼有所长，矜寡、孤儿、废疾者皆有所养；男有分，女有归。货恶其弃于地也，不必藏于己；力恶其不出于身也，不必为己。是故谋闭而不兴，盗窃乱贼而不作。故外户不闭，是为大同。

习习春风中，孔子带着众弟子游玩于泗水，看到桃红柳绿间的田地里，农人一边劳作，一边放声歌唱，采诗的老人们在旁边学唱着。他们都很快乐，双眸里溢满了现世安稳的知足。孔子再想到君明臣良，朝睦民和，感动之情油然而生：这个社会真好啊！于是，他留下了《礼运》篇中的这段话。正因为有西周的“郁郁乎文哉”的制度，孔子才会对进入东周的“礼崩乐坏”感到失望和愤懑。三千多年前的西周，如孔子所描述的也罢，是他的理想也罢，总之，历史可以明智，鉴以往可以知未来。中国地大物博，从建国至今，已走过了70多年的奋斗历程，现在是朗朗乾坤，国昌民安，世风日上，颂声载道。这一切，孔子随时随地都能看到——他虽死犹生，被尊立于各个地方的文庙之上，老人家一定很欣慰，可能还会暗暗地因为他的先见之明而骄傲呢：给晚于自己三千多年的时代留下了合适的文字。

伟大的中华民族始终在不断地向前走，而且有着锲而不舍的精神，由此铸就出每一个时代的好，或者向更好的方向奋斗拼搏。从 2012 年开始，为了消除贫困，改善民生，实现共同富裕，中国以磅礴气势谱写了人类反贫困的历史新篇章，从扶贫到精准扶贫，其力度、规模、影响让全世界人瞩目。党的十八大之前，有人说扶贫是走过场，是大水漫灌。从 2013 年 11 月开始，扶贫进入了新阶段。习近平总书记到湖南湘西考察，首次提出了“实事求是，因地制宜，分类指导，精准扶贫”的重要指示，并要求精准扶贫要做到六个精准：扶贫对象精准、项目安排精准、资金使用精准、措施到户精准、因村派人精准、脱贫成效精准。党的十九大报告指出，到 2020 年，中国进入全面建成小康社会的决胜时期。这是一种承诺，更是必须完成的硬任务，绝无退路。攻坚克难，追逐梦想，和时间赛跑，要在中华民族几千年的历史发展进程中，创造出首次整体消除绝对贫困的壮举。

2020 年是庚子鼠年，注定是不平凡的一年。猝不及防的新型冠状病毒肺炎让每个人都见证了苦难，承受了焦虑。同时，又迎来脱贫攻坚战的全国大胜利，贫困消除，人民富裕，走进小康。习近平总书记气贯如虹地说：“中华民族的面貌发生了前所未有的变化，中华民族正以崭新的姿态屹立于世界的东方。”至今，这句话还如春雷作响，振奋人心。贫困人口消除，老百姓过上小康生活，应该是崭新姿态中最重要的一部分。

虽说点代表不了面，但是点的现象，却正是面的侧写，是一个时代的缩影，尤其像陇南这个曾经被人提起就摇头的落后山区，精准扶贫带来的巨大变化令人震撼，陇南人可以骄傲地说：“陇南的面貌发生了前所未有的变化，正以崭新的姿态站立在世人的面前。”

2013 年之前，陇南市 9 县区均为贫困县（区），其中 5 个为深度贫困县，有贫困村 1707 个，占行政村总数的 53%；有贫困人口 83.94 万人，贫困发生率 34.1%，位列于甘肃省 14 个市州第一，是全省乃至全国扶贫开发的主战场之一。

截至 2020 年年底，陇南市 83.94 万贫困人口全部脱贫，1707 个贫困村全部退出，9 个贫困县区全部摘帽。陇南被命名为“全国电商扶贫示范市”，“十佳精准扶贫创新城市”，荣获“中国消除贫困创新奖”。2020 年全国产业扶贫工作推进会、2020 全球减贫伙伴研讨会在陇南市召开。

在陇南的脱贫攻坚中，能列出的数字比对很多，但在这个信息化的快餐时代，数字只是留于纸上的一种资料，最具有说服力的还是以实物为内容的结果，以及凝聚了许多人智慧和心血的成功做法。比如 2018 年宕昌县为了充分发挥农民专业合作社在产业培育中的“内引外联”作用，按照“能合则合、乡贤促合、抱团联合、多方混合”的原则，探索建立了“以贫困户为基础、村办合作社为单元、乡镇联合社为纽带、县联合社为主体、股份公司为龙头”的产业带贫模式，这是脱贫攻坚中一次重大而成功的创新，被称作“宕昌模式”，已在全省推广。

陇南市羌源富民农业发展股份有限公司就是为顺应“宕昌模式”而产生的，它由宕昌县万众富民特色农业农民专业合作社联合社、甘肃省农垦集团、甘肃省琦昆农业发展有限公司、甘肃中药材交易中心股份有限公司和县国资办共同发起成立。

“宕昌模式”有效地解决了贫困村缺乏主导产业，合作社带贫能力不足，贫困户无法直接和市场对接等问题，以“众人拾柴火焰高”之势使贫困户真脱贫、脱真贫，又能让出资方实现利益共赢。化马山上的山背罗湾是陇南 1707 个贫困村中的两个，在“宕昌模式”的带动下，脱贫攻坚所收获的累累硕果像那块刻着字的大石头一样实实在在地种在了这片土地上。整村搬迁止县城的村民们收入大幅度增加，生活日新月异。无数媒体、无数双眼睛一次又一次地来到这里检验成果，调研成效，继而留下一片赞叹声。

2020 年 11 月 10 日，国务院新闻办在甘肃省举行脱贫攻坚新闻发布会，宕昌县是采访地之一，而山背罗湾两村是重中之重。11 月 11 日，还“待字深闺”的山湾梦谷迎来了一批特殊的客人：中外记者采访团。这个采访团的阵容、规格可谓宕昌历史上的首创，是由美国洛杉矶时报社、英国泰晤士报社、法国世界报社、挪威国家广播电视台、日本读卖新闻、朝鲜中央通讯社、朝鲜劳动新闻、新闻网、GGTN、中国日报社、中新社、国新网、上游新闻、香港凤凰卫视、香港大公文汇传媒集团、香港经济导报、甘肃日报、甘肃省广电总台、每日甘肃网、新甘肃客户端等20多家中外知名媒体的记者们组成。国新办新闻局、国务院扶贫办、甘肃省委宣传部及兰州市委宣传部、陇南市扶贫办等相关单位负责人参加了采访。中外采访团的记者们与脱贫群众、合作社负责人、企业负责人、县上领导面对面进行交流；详细了解了因地制宜、因户施策、精准扶贫、劳务输转、搬迁群众后续安排和收入，特色产业发展和带动贫困户就业等情况。眼见为实，采访团成员对山背罗湾两村的脱贫攻坚成果赞不绝口。《中国日报》记者王韦翰说：

“今年我走了很多地方报道脱贫攻坚，我来到宕昌县后发现，这里的脱贫攻坚工作做得真的非常好，无论是基础设施改善，还是精神扶贫方面，都非常值得国内外来学习借鉴，所以我觉得非常有报道的必要。”

美国知名问题专家，中国改革友谊奖获得者罗伯特·劳伦斯·库思在走访多个贫困地区后，担任了纪录片《前线之声，中国脱贫攻坚》的主持人和撰稿人，他说：“中国的脱贫攻坚是21世纪最了不起的故事之一，值得全世界更多赞赏。”

消除贫困是全人类共同的使命，这些年中华儿女负重前行，为贫困而战，为人民过上美好的生活而奋斗。如今，在中国大地上，无数个像山背罗湾这样的乡村从深度贫困走进了富裕，无数个如山湾梦谷一样的乡村旅游区诞生，无数个扶贫车间成为农民工的福地。这是作为中国人的幸运，是让某些还处于水深火热中的国外人民无比向往的事。然而，从贫穷到小康，这个过程来之不易，不知有多少人为之付出了心血和汗水，甚至生命。习近平总书记同菏泽市及县区主要负责同志座谈时讲道："贫困之冰，非一日之寒；破冰之功，非一春之暖。"从春到暖的过程，是质变和量变的跨越，是与美好生活结缘的喜悦。

对于山背罗湾人来说，从春到暖的过程就是重生，生活的重生，故土的重生。这一刻的到来，激动人心，令人欢呼，值得铭记。不过，幸运的山背罗湾人啊，过去那些灰暗的日子也请保留于记忆吧。著名作家毛姆说过："我们必须保持旧的记忆和新的希望。"记忆会让人学会感恩，希望能催人奋进。

感恩、奋进、圆梦——山湾梦谷的大石头上都写着呢！

六　安居乐业

梁晓声在一百多万字的长篇小说《人世间》里塑造的人物命运告诉人们：知识、学历、机会、权力、奋斗、拼搏都会不同程度地改变一个人的命运，但彻底改变的重要因素乃是时代的发展变迁。书中的缩影放大到现实生活中，能对号入座的事情遍地皆是，离得远的不说，近处而言，山背罗湾几次比较大的变化就是活生生的例子。关于这一点，山背罗湾人很早就明白了。在高半山漫长的艰难岁月里，他们一刻都没有停止过与天斗、与地争的步伐，也没有停止过对好光阴的期盼，但从来没有想过会从高半山的苦寒之地搬迁，而且是搬进城，住进山水雅园小区这样的高楼大厦，身边还有保障他们生活的工厂、车间、产业基地。伟大的时代，扶贫的壮举！山背罗湾人最是体会深刻，他们在黑暗中待得太久了，哪怕一丝的光亮都会成为心中的温暖和希望，更何况这如大山一样的恩情呢。他们都是务实的农民，不善言表，把深深的感激刻于心中的时候，对待生活的态度更加认真踏实。拥有了舒适安逸的生活环境，他们知道以后的幸福日子就得靠自己去创造了。

林花谢了春红，太匆匆！再回首，山背罗湾人已经在城里生活了三年多，大家从不习惯到习惯转变得挺快，现在完全融入了城里人的生活，日子过得很安顺。2020 年正月开始的新冠肺炎疫情牵动着每一个中国人的心，搬进城里的山背罗湾的老人们有时会说："要是还住在山上，就不会有这些担惊受怕了。"

他们的孙子立刻会怼回去："要是还在山上，就出不了这么多的大学生了。"

老人们沉默了，他们从心底里认可孙子的话。整村搬迁的第二年，杨老汉和李老婆子的孙子都考上了一本类大学。在这之前，山背罗湾还没有出过一个正经的大学生，在科技高速发展，知识就是第一生产力的今天，是多么可悲的事情。这下好了，山背罗湾历史的空白终于翻页了。今年，也就是这段时间，村里又有三个高考生收到大学录取通知书，其中一个还考进“985”大学。落榜的学生，不再急着出去打工，而是开始为未来着想，选择上大专或职业技术学校。观念的改变与山背罗湾人心底深处的期盼有关，也与住进城里的环境有关。“父母之爱子，则为之计深远。”住在山上时，山背罗湾人即使有这样的想法，也只能叹而悲，想而哀，毕竟孟母三迁只是一个历史典故。受党之恩，山背罗湾人现在临城而居，他们对于美好生活的想法越来越多，首要的就是“为子女计深远”。他们非常清楚，当今社会只要人勤劳，不惜力，就能把日子过好，但日子和日子不一样，想要寒门披锦衣，唯有上学读书一条路。

在一阵祝福声中，山背罗湾金榜题名的三名大学生怀揣梦想，从美丽的宕昌城奔向了各自努力考上的大学；收到大专或职业技术学院录取通知书的学生也相继离家，开始新的学习生活。送走去远方求学的学生，其他人的生活秩序照旧，于不同的位置各司其事，各顾其家。进城后大家的眼界变得开阔，思想变得活络，对未来生活的定位也渐渐提高。“幸福是干出来的”这句话已成为每一个人的口头禅，“有付出就有回报”的事实也让更多的人在勤苦劳作的路上步履不歇，干劲儿十足。

前段时间，山背罗湾人听说带领他们搬进城的县委书记离开了宕昌，县长也换了，作为易地搬迁户，他们有自己的顾虑和担忧，扶贫车间、养殖种植专业合作社、山湾梦谷等工厂基地现在就等同于他们的“庄稼地”，与各家各户的生计息息相关，而这些工厂基地能否持续发展壮大，取决于县上主要领导的决策和规划。一段时间之后，山背罗湾人安心了。他们亲眼看到，新上任的县委书记王强、县长张建强两位同志前后几次到扶贫车间、山湾梦谷调研，他们说乡村要振兴，产业是保障，山湾梦谷就是乡村振兴的成果，虽然受新冠肺炎疫情干扰，景区后期的开发打造进度比较慢，但这只是暂时的，山湾梦谷一定会建成而且建好，不久之后，它不但会成为山背罗湾人的聚宝盆，还会为宕昌县的旅游业再添风采。

金秋时节，大山怀抱里的宕昌大地风轻云淡，山野色彩鲜亮，层次分明。每年一到这个时候，奔着哈达铺、官鹅沟前来宕昌县旅游的人成群结队，络绎不绝。这两年受新冠肺炎疫情影响，各地的旅游业都有所沉寂，哈达铺、官鹅沟等景区也是门可罗雀。好在如今疫情防控已有成效，人们大概是被困得太久了，看到能够自由出行，便像出笼的鸟儿一样飞向祖国的大好河山。这不，甘肃也成为旅行者的青睐之地，从河西走廊到陇南，各个景点人头攒动、车流不息。而宕昌县的官鹅沟、哈达铺等景区又是陇南文旅康养的名片，深得周边游人的喜爱。

旅游重掀高潮，宕昌城里又像原来一样热闹起来，各大酒店、宾馆游客爆满，各条旅游线路上车水马龙。已经适应了县城喧嚣的山背罗湾人，看到这种盛况欣喜不已，他们中的许多人文化浅淡，却都懂得“县富则民强”的道理。他们还想到了故土上的山湾梦谷，虽然后期的开发打造仍在进行，但“酒香不怕巷子深”，那里独一无二的山川风貌，自从开发以来，不断地就有游客慕名前往并发出赞美。这个国庆长假，自驾游的客人一拨拨地过来了，有的人享受那一方的清净，住在山上不舍离去，这让山背罗湾人心中热乎乎的，他们像渴盼儿女长大成才一样，希望有一天山湾梦谷能和官鹅沟一样名扬四海，成为更多旅游人的选择。

深秋的风从岷山上落到宕昌城里时，已染上些许的寒意，但这并不影响旅游人前行的脚步，他们大多是不用上班的人，其中退休人士居多。这些人大概是特意想避开国庆旅游黄金周的人满为患吧，而且有此种想法的人还真不少。于是，国庆假期之后的宕昌城热闹不减，酒店、宾馆依然门庭若市。真是幸哉！何谓旅游？就是异地人到来之后，对当地文化、资源、服务的消费。显然，宕昌的旅游业已处在腾飞的轨迹上，生活在这片土地上的人民因此而心怀更高更远的期望，这让宕昌城溢满收获的欢喜，又呈现出蓬勃向上的朝气。